ANOTHER KIND
*of*
WARM
MEE*T*ING

# 另一种
# 温暖的相见

范献任 著

陕西新华出版
太白文艺出版社·西安

**图书在版编目（CIP）数据**

另一种温暖的相见 / 范献任著. -- 西安：太白文
艺出版社，2024. 9. -- ISBN 978-7-5513-2784-8

Ⅰ. I227

中国国家版本馆CIP数据核字第20243KD951号

**另一种温暖的相见**
LING YIZHONG WENNUAN DE XIANGJIAN

作　　者　范献任
策　　划　泥流文化传媒
责任编辑　汤　阳　杨钦一
封面设计　建明文化
版式设计　建明文化
出版发行　太白文艺出版社
经　　销　新华书店
印　　刷　河北赛文印刷有限公司
开　　本　880mm×1230mm　1/32
字　　数　120千字
印　　张　9.5
版　　次　2024 年 9 月第 1 版
印　　次　2024 年 9 月第 1 次印刷
书　　号　ISBN 978-7-5513-2784-8
定　　价　52.00 元

出版社地址：西安市曲江新区登高路 1388 号（邮编：710061）
营销中心电话：029-87277748　029-87217872

# 诗歌，是人与世界的美好相遇

## ——序《另一种温暖的相见》

刘忠华

范献任是 30 年前我教过的学生。1993 年 6 月，我从长沙本科毕业回来，8 月调到道县师范学校（现永州师专前身）任教语文课，9 月即迎来了他们。那时候我任教 93 级两个班的语文，并担任 93 级二班的班主任，范献任正好在这个班。委实说，当时我正为稻粱愁，就把对文学尤其是诗歌的钟爱渐渐放到了一边，因此没有更多精力关注学生是否对文学有兴趣。而且因为种种原因，我只当了他们那个班一年的班主任，后来班主任换成了别的老师，我的语文课也换到别的班级去了。因此我们师生之间的交往时间并不是太长。

他和我重新联系上，是 2021 年 1 月底时。彼时他和我都在永州一个诗歌微信群里，可能在群里看到我的名字比较熟悉；另一方面，或许是因为他的儿子正好在我所供职的大学读汉语言文学师范专业，而我正在这个专业任教——总之，是一种未了的师生缘吧。他主动加了我的微信，并告诉我，他在师范读书时就爱好文学，后来工作了，也尝试着写写。2020年开始，比较多地写起诗来。我闻言自然十分高兴。快30年了，还有学生这么爱着诗歌，这是多么难得啊！后来，他经常把自己新写的诗发给我，我总是在第一时间读到他新鲜出炉的作品，并对这些诗作给出意见。刚开始时，他的诗歌像很多初学者一样，开口比较大，而且喜欢用大词，缺少细节。因为曾是师生关系，我对他诗歌的意见就毫不保留，甚至比较直接。生活体验、语言表达、细节选择、意象组织、结构安排、空间的转换（诗节的转场）与诗意的营造、境界的升华与格局的打开，等等，都有提过。好在他非常谦逊，而且从不计较我的直言不讳，还要我推荐一些书目给他。他不但勤奋，而且对于诗歌写作非常执着、专注，悟性也很高，偶尔点拨他一下，就可以醒悟。应该说，我是他诗歌创作之路上的重要见证人之一。眼见他越写越好，而且短短两三年时间就在《诗歌月刊》《鸭绿江》《滇池》《文艺生活》等文学期刊屡有作品发表，我真心为他感到高兴。

去年4月22日，世界读书日的前一天，他把自己整理好的诗稿《另一种温暖的相见》发给我，告诉我他准备出一本诗集。在为他感到高兴的同时，我建议他再好好打磨一下，用词、立意等，尽量避免不必要的重复。之后他再三修改，并做了一些删减，把正式诗稿发给我，并请我为他的诗集写序。师生之谊，不便推辞，只好应允写点自己的阅读感受。我向来以为，"序"是不太好写的——写得不好，作者会恼；写得太"好"，读者会笑。因此，我一直觉得这不是一件好差事。好在献任的诗，是有一定水准的——至少，他起点比较高，一开始就尽量摆脱了一般初学者那种俗套的写法，一出手便像一个老手：语感自然、意象鲜活、情感真诚，起承转合比较自然，诗歌内部结构比较圆润。换言之，他的诗写得比一般写作者显得干净、纯粹、成熟，最关键的，是及物！

### 一、献任的诗歌，是他与世界的美好相遇

我曾多次提到：诗歌是人与世界的美好相遇，或者说是诗人与世界相遇时迸发的火花。通俗地讲，诗歌，应该是诗人的"情感"与"生活"相撞，主客体相融诞生的"孩子"。很多时候，诗歌就在"那里"，只是没有"遇见"对的人。因此，诗歌创作，就是诗人去"遇见"、去"发现"、去"呈现"。献任的诗集分为五辑，这五辑编得很有意味：第一辑"另一种温暖的相见"是诗人与亲人的相遇；第二辑"每一朵花，都是人间的天使"是诗人与花草鸟蝶的相遇；第三辑"这旧迹总能给人新意"是诗人与人文胜景的相遇；第四辑"在肉身与灵魂之间"是诗人与古今中外文化贤人的相遇；第五辑"默默地领受着这宿命般的命运"是诗人与传统节气与日常事物的相遇。因此，他用《另

一种温暖的相见》作自己的诗集名，非常贴切。这正是他与周遭世界、世间万物和人间圣贤相遇与拥抱时感受到的温暖、温情和悲悯。

总体来看，献任的诗其实写的是与亲人的相遇（第一辑），与自然的相遇（第二辑），与古迹和先贤的相遇（第三、四辑），与时间与自我的相遇（第五辑）。

（一）与亲人的相遇

非常奇怪的是，我搜索了两遍，除了书名和第一辑的标题，再没有在这一本诗集中找到"另一种温暖的相见"的句子。但是认真读了，就会明白，这"另一种温暖的相见"，其实是诗人站在自己故土"这个邮票大的村庄"（《疆界》），深情回望那些已故的亲人：父亲、母亲、爷爷、奶奶、岳母、乡亲（"一位年过九十的老人"）。虽然"我们的先人没有留下照片／只在山林中留下一个个土堆"（《立碑》），但也要做到"另一种温暖的相见"："我们分隔阴阳／我们隔着青山相望。"（《我们隔着青山相望》）这是诗人巧妙地以诗化自然或者说借助于世间美好事物的方式，与他们相见，以表达对他们的深切怀念与爱。他或借助于"种子""杨梅"和"萝卜"，与父亲相见："又是四月，父亲／我又忆起你忙碌的身影……想做一回你手掌中的种子／被你播种／然后，被你浇灌／／然后，被你亲吻每一片叶子／然后，与你播种的种子一起／在春天的时刻里沐浴着阳光。"（《种子》）"父亲撑一把雨伞／从果园把杨梅摘回来／用来泡酒／香甜的杨梅酒，解馋，解暑……送走父亲后／我撑起雨伞，摘回剩下的杨梅／也用来泡酒。"（《梅雨》）"父亲也消散在那一场大雪之后／我还来不及细品大雪的凛冽，萝卜的甘甜／我还不能造出一个漂亮的句子／在潜意识中，那一场大雪仿佛从未停止。"（《那一场大雪仿佛从未停止》）或借助于"枣花"和"蝴蝶"与奶奶相见："枣花落尽／蝉走了，枣没了／枣树离我三十里远，不再开花／奶奶在我头顶三尺，看着我，不再说话。"（《枣花落》）"在菜地，祖母瘦小的身子穿梭着／像极了一只蝴蝶……慢慢地／飞起来。"（《蝴蝶》）或借助于"草木"与爷爷相见："爷爷是一位赤脚郎中……他以草木之心，医治病痛，宽慰良心／／这些生长于这片土地，且长存于这片土地上的草木／融入乡亲们的血液，走进乡亲们的灵魂／它们宽容寒风冷雨，以及大雪的侵袭／一如爷爷坟头的樟树，永远那么苍翠。"（《植物志》）或借助于"落花"与"黄叶"与母亲相见："从来不敢细看落花／总会想起母亲／二十五岁就随落花飞……我宁愿选择在秋天／看窗前的黄叶／一片，又一片／飘落。"（《落花飞》）只有写岳母的，是直抒胸臆的："娘啊，你要一路走好。"（《一路走好》）托物寄情或借物抒情，是一种古老而常用的技法。但在献任的诗中，因为选择的是熟稔的日常生活中所见之物，化虚幻的情思为具体可感的形象——

其实，"物"只是一种假借——诗人是借"物"话"事"，借"事"还原亲人在世时的音容笑貌，这就使亲人们一个个在"事"中"活"起来，让人感到温暖如春，并且让人怀着期待："我生活在她们没有看到的明天／我要慢一点／走一走她们走过的山川，河流／看一看她们不曾留意的月亮，星星／我要告诉她们／她们生活过的人世间与以往没有什么不同。"（《我生活在她们没有看到的明天》）虽然你们都已远去，但我替你们活着，替你们看着这人间，真是"纵使相逢应'相似'"啊。

这一辑中，有几首是写自己夫妻之间的，其实也是换一个角度与爱人诗意而"温暖的相见"："我关掉书房的灯／月光透过纱窗／墙上的镜子照着我们模糊的脸。"（《良人》）"天空很蓝，一如你眼里荡漾的湖水／山花烂漫啊／摘一朵给你／偿还欠你多年的玫瑰……到那时，叫人焚烧一束玫瑰／用衣袖带走全部的尘灰／春风起，尘灰悬在空中／而今天，我要借这一缕春风／为你拂面。"（《借一缕春风，为你拂面》）"为她幻想多个浪漫的画面……盖一座小小的木屋／种几畦庄稼，养一些鸡鸭／有潺潺的山泉流过，有清风拂过茂密的树林／／在木屋四周种满玫瑰／在木屋向南的一面开一扇窗／我不会浪费花香，也不会蹉跎星光／当我终于枕着松涛入眠／她也枕着我的手臂／进入梦乡。"（《木屋》）或者换一种方式在虚拟中"相见"："我只想在下半辈子／要她做我的情人／我学做可口的饭菜／说一些蜜语甜言／我们就在躺椅上躺着／夜晚的月光，照在她的身上／也照在我的身上。"（《她要我下辈子做一个女人》）真是温馨浪漫，令人艳羡。

值得注意的是，为了"另一种温暖的相见"，诗人还营造了一个诗意的"相见"的"场景"："只栽种一季的水稻正在扬花／有的土地爬满了红薯藤／大叔的西瓜圆圆滚滚／辣椒一半红一半青。"虽然"我不敢问我熟悉的面孔过得好不好／我担心我的声音会惊飞江边的那一对白鹭"，但"空气中淡淡的泥土味给了我莫大的安慰"（《站在家乡的田野上》），家乡永远会给她的每一个孩子以拥抱与慰藉。"天上的太阳，低了／秋收后的田野，低了／走过一道又一道田垄后／我在坝上坐下来／河道窄了／水位也低了／河水低声地流过／北风一阵一阵地吹来／我不说话／站起身／追着流水走一段／追着风，再走一段。"（《在坝上暂坐》）一个"低"，写出家乡秋收后的辽阔与谦卑；一个"追"，写出了诗人对易逝时光与风景的无限挽留与追随，而且每次都是以"最好的状态"与故土相见："每次回到范家／都会去田野里走一走／收获后的田野／有一种无言的空旷／风从四方涌来／又到四方去……或者抬头看看天上的云／或者低头循着流水的声音／一路小跑。"哪怕耗费一生，"这个邮票大的村庄／用不了几步就能走出它的疆界／再走回来，却要一生"（《疆界》）。

人固有一死，因此"相见不如相念"，长相思，终相见！"想起死去的亲人／我又把他们默念了一遍。"（《木梳》）

（二）与自然的相遇

诗人总是心性敏感，因此能在俗常事物中遇见美好与诗意。献任也是如此，在与自然的相遇中，发现了不少秘密。在春天，他看见落叶："落叶，不仅仅是在秋天／春天也有。一片片红色的、黄色的枯叶／有风也落，无风也落。"（《新生曲》）而且他还发现一个更美妙的秘密："吹落树叶的风／与催开新芽和花朵的风／是不一样的／／它们在不同的季节／扮演不同的角色／／每一片叶，都是一只翩飞的蝴蝶／每一朵花，都是人间的天使。"（《每一朵花，都是人间的天使》）"每一朵花，都是人间的天使"，是抬爱，更是真情；他来到荷花中间，感到"世界过于寂静"，发现"荷花／在朝阳下摆弄着衣裙／粉色的脸，在阳光下／更加精致、生动／像初升的太阳"（《观荷》）。此外，他还在日常中，遇见小草（包括狗尾草）、蒲公英、绿植、橘灯、松果、蔷薇、车前草、仙人掌、无花果、桂花树等植物，而且还遇见蜂鸟、蜜蜂、蝴蝶等动物。所有日常皆可遇见，所有美好的遇见皆有诗意。自然风物，是风景，是静物画，也是动态的生灵图景。

（三）与古迹和先贤的相遇

献任不满足于在"邮票大的村庄"来回走，不满足于"站在家乡的田野上"或者"在坝上坐下来"看风景，看自然风物，尽管熟悉的地方也有风景，也能在"另一种温暖的相见"中遇见亲人，在与花鸟鱼虫等日常所见中发现一般人看不到的诗性秘密，但周遭的风景毕竟有限。因此，他"行万里路，读万卷书"，走出自己的出生地和生活地宁远县，足迹遍布永州、郴州、贺州、湘西、张家界，以及广西桂林、贵州铜仁等省内外的有关地市州，每到一处，都尽量去名胜古迹走走，舜帝陵、万寿寺、万和湖、萍洲书院、女书岛、上甘棠、祁阳浯溪碑林、祁阳潘市镇龙溪李家大院、舜皇山、雪矶钓台、零陵古城、霞客渡、永福寺、萍岛、恩院风荷、绿天蕉影、青云塔、朝阳岩、勾蓝瑶寨、高椅岭、黄姚古镇、吉首、凤凰古城、袁家界石英砂岩峰林、文市石林、龙脊梯田、月岭古村、莲溪庐、梵净山，等等，像我数年来行吟潇湘一样，有意识地在行走中找寻人文胜迹，并借助于诗性的慧眼，敏锐地发现"这旧迹总能给人新意"，写出不一样的感受和不一样的诗篇。

献任善读。他不仅读古代的，也读现当代的；不仅读中国的，也读外国的；不仅读文学，也读历史、政治、书画甚至人物传记等。因此，他得以在阅读中与古今中外文化贤人相遇，然后巧妙地选取一个合适的角度，展开丰富的历史性想象，还原有关场景，以诗的方式，与他们对话，形成有自己识见的诗篇。这其实也是"在肉身与灵魂之间"追寻、拷问与对话，细节生动、现场感强。这些古今中外的先贤（个别历史人物例外，如李斯），如屈原（《挽歌，兼致屈原》《汨罗江抒情，兼致屈原》《怀沙，兼致屈原》）、孔子（《先生，我来晚了》）、庄子、商鞅（《历史深处的那根木头，兼致商鞅》）、李斯（《失落的家园，兼致李斯》）、司马迁（《在肉身与灵魂之间，兼致司马迁》）、曹操（《观沧海，兼致曹操》）、陶渊明（《采菊，兼致陶渊明》）、王羲之（《读〈兰亭集序〉，想起永和九年的那一场醉》）、嵇康（《广陵散》）、李白、杜甫、怀素（《芭蕉辞，兼致怀素》）、周敦颐（《莲花吟》）、苏东坡（《突围，兼致东坡》《临江仙，致东坡》）、岳飞（《满江红，致岳飞》）、于谦（《仿石灰吟，兼致于谦》）、陈同甫（《破阵子，为陈同甫赋壮词以寄之》）、沈周（《夜读〈沈周三夜〉》）、唐伯虎（《桃花坞里桃花落，兼致唐寅》）、鲁迅（《两株枣树，兼致鲁迅先生》）和当代杂交水稻大家袁隆平（《禾下乘凉梦》），以及俄罗斯著名诗人茨维塔耶娃（《茨维塔耶娃》）、荷兰著名画家凡·高（《凡·高》），还有阿根廷著名作家、诗人博尔赫斯（《目盲，致博尔赫斯》）等，都是人类文明史上闪烁的耀眼的星星。

（四）与时间与自我的相遇

外在的时间、空间与诗人内在的小宇宙（心灵世界），是诗歌内部结构的三种形态，也是诗歌存在的三种常见方式。献任诗歌中的时间是有质地的："碎片。碎片。还是碎片/如同时光隐匿在角落。"（《与一片青瓷说话》）"和你对饮/你洒下清辉/落在我去年的酒杯……你照着我/像一个黑点/我握着你/像一枚银币。"（《月亮像一枚银币》）时间是有颜色的："他整夜失眠/找不到暗夜的身影//让他恨吧/让他爱吧//时光怎能永恒/他就要长眠//肉身化作轻烟/白骨成灰//请给他围一条白色的围巾/请给他立一块黑色的墓碑。"（《时间是白色的，也是黑色的》）时间也是慈悲的："一定是流水/赋予了时光深意//一定是春风/唱响了四季的序曲//我们收拢飞翔的翅膀/安心做一个隐者//缓慢行走。追逐一条游鱼/轻声吟唱。随着春风舞蹈//流水慈悲。清波荡漾/我们把这片水域认作故乡。"（《白鹭帖》）"你的目光注视着一片又一片树叶不断飘落/能有什么问题呢/无非是一种新与旧的断开/无非是新增了一些伤口/无非是一些时间也跟着落了下来/剩下一些瘦硬的枝条/在风中颤抖/你走过去，一一拥抱它们/在一场大雪来临之前。"（《落叶问题》）"只有一些古树看破红尘/它们和他一样，知道自己正在老去/也必将老去……往后，将会有一场大雪/整个世界再一次陷入悲伤。"（《与秋天一同老去》）"时隔千年。那人仍在发问/时间藏在哪里//有人指着墙上的钟表/有人望向日月星辰……孤独的人擅长答问/众生都是证人，时间藏于时间//而你如何自证/除了亲人的眼泪，隆起的坟堆，清明时节的轻烟。"

（《时间证词》）甚至还有如诗人叶芝所言的"随时间而来的智慧"，认识到"黑色不是人间的污点"：村庄的后面。山上/那么多石头圆滚滚，那么多墓碑黑黢黢/那么多星星，像望向故乡的眼睛//一场大雪铺开，恰似一张白纸/允许一群乌鸦在此流连/允许它们高唱一曲：黑色不是人间的污点。"（《黑色不是人间的污点》）并呈现一种中年的品质："时间过得真快，转眼已过了一千多年……你深埋在地下的竹鞭/你节节中空挺拔的竹竿/你刚刚探出头来的竹笋/你风一吹就婆娑起舞的竹叶/无不一一对应着/我的隐忍、落魄、希望、奋起，与抗争。"（《竹林说》）

**二、献任诗歌中得以"温暖相见"的密钥**

献任的诗歌是美的，读来让人有一种莫名的感动。那么，诗人在与世界相遇时，生发诗意的内在驱动力是什么呢？在我看来，其"密钥"无外乎二：挚爱与深情；外视与内观。

**（一）挚爱与深情**

爱是人类最初的，也是最基本、最真挚、最深沉的情感。爱亲人、爱生活、爱自然、爱宇宙人生，爱周遭遇见的所有美好，是写作的原动力和内驱力，也是写作的心理基础。在这方面，毫无疑问，正如献任自己所言，他是有足够的爱的力量的（参见诗歌《我还有能力爱人》）。尤其是第一辑写自己与亲人"温暖的相见"中，或回忆爷爷奶奶、父亲母亲（包括岳母），或写给爱人朋友等等。可以说，这一辑诗人用情最深，读来异常感人，甚至让人感到内心的疼痛。他写父亲："又是四月，父亲／我忆起你忙碌的身影……但是，你要记得回来／收割庄稼／和我。"（《种子》）写奶奶："祖母去世之前／在我怀里，那么轻／像一片叶，飘落／更像一只蝴蝶／慢慢地／飞起来。"（《蝴蝶》）写芳龄早逝的母亲："从来不敢细看落花／总会想起母亲／二十五岁就随落花飞。"（《落花飞》）"我们分隔阴阳／我们隔着青山相望／／四十六年了／我剪断脐带的地方仍然隐隐作痛。"（《我们隔着青山相望》）写给自己的故土："我不说话／站起身／追着流水走一段／追着风，再走一段。"（《在坝上暂坐》）等等。每每读到这些诗句，我的内心就被戳痛一次。献任的母亲过世得早，他基本上是由奶奶带大的。因此，对于这两个生命中最重要的女性，他一直怀有最深的追忆、爱与感恩。不少诗篇，写得非常细腻："这个春日的午后，沐浴着暖阳／我捧读一本诗集，冥想，抬头看天／天空那么蓝，除了蓝，还是蓝／像祖母和母亲在天上／身上穿着蓝色棉布衣裳／朝她们曾经爱过的人间／探望。"（《天空除了蓝，还是蓝》）爱是那么纯净，"除了蓝，还是蓝"，而且在这里，诗人使用视角互换的写法，借"像祖母和母亲在天上／身上穿着蓝色棉布衣裳／朝她们曾经爱过的人间／探望"，巧妙地表达出自己对母爱的渴望与冥想，这种情感非年少失母之人所能体会。虽然让诗人"遗憾的是／我没有一张父母的照片／可以挂在房屋的中间"，但他"一直有一个心愿／要在范家老屋的原址建一座小院／窗子还用雕花的木窗／在楼顶安放几片明瓦／白天，阳光洒满庭院／晚上，月光漫过窗台"（《我不能让记忆荒芜成一片废墟》），让爱无时无处不在，照亮自己、温暖亲人。特别是读到"今夜，我第16425次瞭望夜空／今夜的星空如此真实和美丽／一如那个给予我生命，昙花一现的女人"（《第16425次瞭望夜空》），这种对母亲和母爱的深情期盼与守望，令人动容。

在另几辑中，也有诸多真情的流露："我稀疏的头发，松动的牙齿，漏风的关节／是旧的／我不能新生，我只念旧情。"（《新生曲》）一个饱含旧情的人是值得信赖的。"我们都是朴素的狗尾草啊／一年，又一年／我坐在人间，已过了中年／等你越过冬天／沿着心底深埋的记忆／回来相认。"（《狗尾草》）对人世间像狗尾草一样的卑微事物的爱，素朴而执着；并表示自己愿意"跟随一只蜜蜂寻找春天"，"访遍九千九百九十九朵花的心愿"（《跟随一只蜜蜂寻找春天》）。同时表示自己与那些美好的事物互为风景："一条江，一群人／半城灯光，两岸烟火／你，我，他，互为风景。"（《在凤凰古城》）而且愿意"沿着古人走过的足迹／轻轻走一遍"（《在祁阳浯溪碑林》）。应该说，这些诗，写真景物，抒真情感，是有境界的诗。正如王国维先生所说："喜怒哀乐，亦人心中之一境界。故能写真景物，真感情者，谓之有境界。"（《人间词话》）正是因为有了境界，阅读这些诗作，让人仿佛沐浴着圣洁的情感光辉，感受到如春的暖意。从这个角度看，献任的诗是有温度和温情的"温暖之诗"。

（二）外视与内观

写作不仅仅是运用语言文字进行表达和交流的重要方式，更是一个寻求相互理解和自我理解的过程，而且还是一个自我敞开的过程。在"理解"与"敞开"中，人与自然，人与世间万物，形成了一种如德国著名的宗教哲学家马丁·布伯所说的"我与你"关系。"我与你"，即意味着我们对世间万物所倾注的热切祈望——把全部生命与爱投注到与他者的"相遇"之中，诗人便能通过对自身之外宇宙万物（"外宇宙"）的细微体察与体验，以及对自己内心世界（"内宇宙"）的内观与自省，建构出一个相对自足的诗意世界。这样的诗歌才是可靠、饱满的。献任是深谙这一点的。故他在自己的出生地和生活地，也在生活地之外的其他地方行走，在文献经典中阅读，寻求相遇与对话。在眼前景物、现实生活、人文旧迹及古今中外文化中，触摸细微之物，发现这世界的秘密和"新意"，拷问"肉身与灵魂之间"的深意，生发诗情、感悟哲理、抒写哲思。

综观献任的诗作，基本可以说均来自现实生活，表达自己对生活的理解、发现、感悟、自省、悲悯或讴歌："谁说落叶不是上天赐予的黄金 / 万物腐朽的声音，如同悠远的琴声 / 越来越近。"（《秋辞》）"它有一万次年轻的机会 / 我有浑浊的眼，清澈的心。"（《良树》）"你扬起手掌 / 擎着太阳，擎着月亮 / 如一个无畏的勇士 / 守着大漠，守着孤烟。"（《仙人掌》）诗中所及之"物"，既可以是物、景、事、人，也可以是内心的幻象、情思与反思。所谓"仰观宇宙之大，俯察品类之盛"（王羲之《兰亭集序》），这是一种向外的观看即"外视"。外视之诗，就是诗人深入生活现场，感知细节、表达经验、展开"对话"，并写出世界回声的过程。它实际上强调诗歌写作要重新恢复与现实的关系，又要有基于现实生活的适度超拔的精神力量。献任善于从花草鸟蝶等细小生命中，感受到坚忍的生命力量与美："我有一万亩良田 / 阵阵蛙鸣 / 一直喊到天亮。"（《晚春》）"荷花 / 在朝阳下摆弄着衣裙 / 粉色的脸，在阳光下 / 更加精致、生动 / 像初升的太阳 // 走出去很远，很久 / 还听见她们窃窃私语。"（《观荷》）"我坐在人间，已过了中年 / 等你越过冬天 / 沿着心底深埋的记忆 / 回来相认。"（《狗尾草》）"如果你在意 / 我小小的身子 / 也会卷起一场风暴。"（《蜂鸟》）感悟到自然之物给自己带来的惊喜与幸福："在这个凉风习习的早晨 / 与一朵花，一只虫子，一根丝瓜 / 相遇，也是幸福的。"（《是幸福的》）"而此刻，阳光照在大地上 / 也照在你我的身上。"（《车前草》）在与它们的相遇中，主客交融，营造出一种"以我观物，故物皆着我之色彩"的"有我之境"（王国维《人间词话》）。

"外视"之外，诗人也要自观自察自省，即"内观"。内观是一种禅修方式，也是一种观察方法，更是一种生存方式。事实上，每个生命个体都处于宇宙之内、环境之内；也都处于心灵之内、精神之内。同样，个体都处于群体之内，而群体也同样处于个体之内。借助内观方法，可以在存在真相中重新拾起生命的自觉（参见《内观》，[美]威廉·哈特著，海南出版社，2009）。如："它躲在故乡里，藏在记忆里／那朵从未盛开的花／在它的心里，也在我的心里。"（《无花果》）"各有各的领地，各有各的姓名／从不抱怨，从不喊疼／默默地领受着这宿命般的命运。"（《草民》）"哦，这就是这个清晨／一个人类低下头颅，深深地忏悔。"（《清晨，凝视一株小草》）等，诗人反观自身，躬身自悟，充满妙想与省思。尤其是在寻访旧迹与典籍时，献任没有把自己当作一个简单的旅客，对景观只作表面的扫描；也不是面对先贤和他们的著作，做一番浅表的解说。他既是一位清醒的访问者，也是一位谦逊的对话者——在寻访风景名胜、文化古迹和古今中外贤人中，尝试着走进旧迹，走进先贤的内心，去揣摩、去理解、去反思，其中不乏对自身生命境况的反观，对灵与肉、生与死等终极命题的追问，充满人生况味。在舜皇山，他发出慨叹："知音难觅啊／只有谷底的鹅卵石，不知今夕是何夕 / 几千年来，一直守在这里 / 等我来寻。"（《舜皇山》）这是对先贤的追寻。在舜帝陵："我谦卑地埋首人间 / 默默学习，劳动，生活 / 最终，我也会变成一座小小的山峰 / 继续朝着你的方向仰望。"（《舜帝陵》）他以谦卑的姿态向先贤仰望。在永福寺，他说："我不想你带我走，我还有尘缘未了 / 我也不想带你走，你还有青烟未灭 // 我们再次会合之后 / 我将与落日一步步走下山去。"（《在永福寺》）在萍岛，他说："只有几朵野菊花仰起头 / 和我对话 // 天色暗下来 / 秋虫开始唧唧 / 我找到来时的船 / 渡我返回 / 站立船头，江水荡漾 / 晚风吹皱渐渐远去的萍岛。"（《在萍岛》）在恩院风荷，他感到："唯有明月，清风 / 不时送来 / 千年不变的荷香。"（《恩院风荷》）在梵净山，他看到："云雾缭绕，屏蔽世俗的目光。"……所有这些，可以理解为他在试图走进风景，走进旧迹中的主人，理解他们，也理解自己，这是他"已人到中年"（《勾蓝瑶寨抒情》）的成熟与自觉，他开始让自己安静下来，"它们在人间起伏，也在人间安静"（《高椅岭》），"用沉默，替代了所有的语言"（《文市石林》）；他也试着以"过客"身份，"我只是一名过客 / 就像潇水静静地流过浦尾村"（《在女书岛》），走近那些文化底蕴深厚的古迹中寻找远去的诗意与人生哲理，感悟到"这旧迹总能给人新意"（《萍洲书院》）和"那种说不出的疼"（《上甘棠》）。

献任的诗歌就是这样向外与向内的审视（这也是简·赫斯菲尔德的观点）。他的诗，是他与世界建立深刻联络的诗，也就是关注身边普通事物，注意从日常生活中提炼情思的诗，将诗人自我的心灵触须与周遭世界"接通"，以诗人的"内视角"触及世间万物的"外宇宙"的诗性审视和审美，获得外在事物与内心映像的主客交融，构建自己独特的诗歌王国。

献任的诗还具有时间特征，是书写中年沉静的时间之诗。在与时间的相遇中，诗人也认识到自我，或者说是在另一种"观物"中，遇见了自己。换言之，诗歌，是诗人的一种"自认"。"沿着河岸，我试图走到它的尽头／那时，我不知道它流向哪里……我知道它已不是原来的河流／我也不是原来的我／我是回头的浪子／／它叫潇水，我叫中年。"（《江水流》）"时间久了／你也那么白，那么安静。"（《白鹭》）以及自悟："在春天里，万物各归其位／各安天命。"（《惊蛰》）并在时间之中追问时间或者生命的意义："不知道从哪里来，又要去往哪里／停下来。找镜中的自己／／举起灯，驱散迷雾／一座城，有时候不如一间陋室／／推开窗，看得见绿意盎然，也看得见落叶纷飞。"（《前方有雾》）沉静中蕴含着温情，是他对这个世界的深情抚摸，是他内在精神向度的一种表征。

当然，献任的诗也有一些尚须提升的地方。比如，诗歌的视野还可以更大一些，尤其是诗歌选材，还可进一步扩大，多从火热的生活中去捕捉更能反映现实的时代之诗。另外，诗歌的表现手法还可以更丰富一些，对生命的体验还可以更深刻一些。诗歌应该融入诗人对生活本质的思考，挖掘事物表象背后深层的社会背景、意义向度，多一些对人生价值的追问以及对历史发展的探求，从而引起某种"别的东西"，以唤起读者的共鸣，获得更丰富的阅读体验。

当然，这是献任的第一部诗集，我们不必苛求。我们期待他写出更多更好的作品。

是为序。

2024 年 5 月 29 日于西山之麓·明德楼

刘忠华，当代诗人、评论家。中国作家协会会员，湖南省文艺评论家协会理事，湖南省诗歌学会理事，永州市文艺评论家协会主席，湖南科技学院中文系副教授。

# 目 录

## 第一辑　另一种温暖的相见

## 第二辑　每一朵花，都是人间的天使

## 第三辑　这旧迹总能给人新意

## 第四辑　在肉身与灵魂之间

## 第五辑　默默地领受着这宿命般的命运

# 第一辑

## 另一种温暖的相见

# 种子

又是四月
父亲，我又忆起
你忙碌的身影

你用宽大的手掌
抚摸一粒粒花生种子
把它们播种在希望的土地上

我很想做一回你手掌中的种子
被你播种
然后被你浇灌

然后，被你亲吻每一片叶子
然后，与你播种的种子一起
在春天的时刻里沐浴着阳光①

---

① 该句出自魏尔纳·冯·海顿斯坦《春天的时刻》。

但是，你要记得回来

收割庄稼

和我

2021.4.3

# 枣花落

枣花不再落的时候

树上挂满了青枣

奶奶带着我，端一个小板凳坐树下

乘凉，唱歌谣，听蝉鸣，讲故事


枣花开了，又落；落了，又开

奶奶的歌谣老了

我开始向往神鹰的生活，迷恋玫瑰的香

以及遥远天空的神话


枣花落尽

蝉走了，枣没了

枣树离我三十里远，不再开花

奶奶在我头顶三尺，看着我，不再说话


2021.11.10

# 植物志

爷爷是一位赤脚郎中
熟知每一味草药的秉性
性寒与性温，十八反与十九畏

他紧握笔管，开出一味又一味草药
甘草，麦冬，川芎，车前草，黄连
三克，五克，十克，以清水为引

他了解乡亲们的脾性
是心里有火，还是要驱寒
是要食补，还是开泻
他以草木之心，医治病痛，宽慰良心

这些生长于这片土地且长存于这片土地的草木
融入乡亲们的血液，走进乡亲们的灵魂
它们宽容寒风冷雨，以及大雪的侵袭
一如爷爷坟头的樟树，永远那么苍翠

2021.11.13

## 冬月初一，雨，或者晴

这一天，多半是会下雨的日子

这一天，很冷

我推开虚掩的厨房门

靠近你，和你生起的灶膛火

锅里炖着萝卜和肉

灶膛边，煨红薯散发着诱人的香

这是你为我们做的饭

这是你为自己做的生日餐


也有晴朗的日子

你坐在更加老旧的房子前晒太阳

我们杀鸡杀鸭，做一大桌饭菜

我们围坐在你的周围

为你夹菜，为你敬酒，为你唱起生日歌


今天，有风，也有太阳

奶奶，我在我的小院燃起三炷香

青烟袅袅中，我又为你唱起生日歌

2021.12.4

## 借一缕春风，为你拂面

终于，静下来了

我们刚好把石头推上山顶

抵达山顶之时，正是春天

歇一歇吧，抬头望望天空

天空很蓝，一如你眼里荡漾的湖水

山花烂漫啊

摘一朵给你

偿还欠你多年的玫瑰

今年，我四十五岁

离我们约定的时刻还有三十八年

到那时，叫人焚烧一束玫瑰

用衣袖带走全部的尘灰

春风起，尘灰悬在空中

而今天，我要借这一缕春风

为你拂面

2022.3.8

# 落花飞

从来不敢细看落花

总会想起母亲

二十五岁就随落花飞


那种绝望的静美

一地的落红

触目惊心


我宁愿选择在秋天

看窗前的黄叶

一片，又一片

飘落


2022.3.10

## 寂静帖

不要再往前走了

树林已经很密

地上的松针，枫叶，樟树叶堆积得很厚

听不见鸟鸣

能听得到自己的心跳

再往前走，就到了那个小山坡

山坡上的杜鹃花儿开了

再继续往前走，就看到了

你深深的皱纹，你的白发，和你浅浅的笑

以及你在傍晚时分把灯点亮

唤我的小名，等我回家

2022.3.15

## 天空除了蓝，还是蓝

其实，对于这个秘密

我一直守口如瓶

我怕一不小心，就泄露了天机

小时候在作文本上

曾写下句子：晴空万里无云，天空瓦蓝瓦蓝

这个春日的午后，沐浴着暖阳

我捧读一本诗集，冥想，抬头看天

天空那么蓝，除了蓝，还是蓝

像祖母和母亲在天上

身上穿着蓝色棉布衣裳

朝她们曾经爱过的人间

探望

2022.3.19

## 我还有能力爱人

儿时，祖母总要在我的窗前

点燃一盏油灯

再去寻回月光下

与小伙伴一起做游戏的我


在这盏油灯下

我读书，写字，学着爱人

黑暗下事物的阴影，胆小怯懦的灵魂

以及生活的艰辛

被一一照亮


我逐渐获得爱人的力量

勇敢地说出：我爱

我爱这美好的人间

爱曾经给予我苦痛的过往


呵，趁我现在还有能力爱人

我不再羞于启齿

我不会让她在我面前

踮着脚

2022.3.19

# 第16425次瞭望夜空

第一次
我听见一个女人阵痛的声音
我听见自己的啼哭声
我鼠目寸光
只看得见把我抱在怀里的女人

一段时间，我都躺平
天空与我，构成两条平行线
渐渐地，我能看见天上的月亮和星星

当我站立在大地之上
我爬上山巅
离天空近了165厘米
放飞的萤火虫，在夏夜里灿若星辰

今夜，我第16425次瞭望夜空
今夜的星空如此真实和美丽
一如那个给予我生命、昙花一现的女人

2022.4.26

## 立碑

我们的先人没有留下照片

只在山林中留下一个个土堆

大多数的土堆没有墓碑

每年的清明，我们去山里走一遍

他们没有与我们见过面

我们只知道他们的称谓

我们是他们遗传学的后人

我们口口相传，在心里记下他们

他们生活过的地方

我们降生

他们沉睡的地方

我们跟随

2022.5.4

# 我不能让记忆荒芜成一片废墟

说到底

我只与故乡隔着三十里

老屋倒塌之后

我再也回不去了


说到底

我只与故乡分别二十六年

父母不在了

我再也回不去了


我一直有一个心愿

要在范家老屋的原址建一座小院

窗子还用雕花的木窗

在楼顶安放几片明瓦

白天，阳光洒满庭院

晚上，月光漫过窗台

遗憾的是

没有父母的照片

就把他们放在心间

2022.5.15

## 梅雨

这个季节多雨

杨梅树的叶子洗得锃亮

树上的果子

由青绿慢慢转为深红


父亲撑一把雨伞

从果园把杨梅摘回来

用来泡酒

香甜的杨梅酒，解馋，解暑


那年五月

雨水空落了一季

杨梅落了一地

送走父亲后

我撑起雨伞，摘回剩下的杨梅

也用来泡酒

又一个多雨的季节

故园的杨梅

又熟了

2022.5.26

## 她要我下辈子做一个女人

她精通女人的各种活计

譬如女红，她缝补的生活不再漏洞百出

譬如画眉，她每天妆饰好看的颜色

她低声细语

跟我说起她的脂粉香

她擅长回忆，善于总结这半生的得失

她要我下辈子做一个女人

要学会女红

要晓得画眉

我只想在下半辈子

要她做我的情人

我学做可口的饭菜

说一些蜜语甜言

我们就在躺椅上躺着

夜晚的月光，照在她的身上

也照在我的身上

2022.6.24

# 木屋

她一直跟我抱怨，我们活在世俗之间
"如果时间倒退二十年，我情愿不婚不育保平安"
现实如此，我给予不了她想要的爱情
虽然我会在无数无法入眠的夜晚
在心里为她幻想多个浪漫的画面——

在一座高山之下开辟一方土地
盖一座小小的木屋
种几畦庄稼，放养一些鸡鸭
有潺潺的山泉流过，有清风拂过茂密的树林

在木屋四周种满玫瑰
在木屋向南的一面开一扇窗
我不会浪费花香，也不会蹉跎星光
当我终于枕着松涛入眠
她也枕着我的手臂进入梦乡

2022.7.15

## 站在家乡的田野上

只栽种一季的水稻正在扬花

有的土地上爬满了红薯藤

大叔的西瓜圆圆滚滚

辣椒一半红了一半青


我轻声慢步穿过一个又一个田埂

眼前浮现出多年前劳动的场景

一个弯腰插田的少年

在田野上挥洒辛勤的汗水


我是出走多年的落魄书生

城里的月光带不走我的稻香

落寞的稻草人还在苦苦守候

最后一个起飞的麻雀


这些年，我过得不好也不坏

空气中淡淡的泥土味给了我莫大的安慰

我不敢问我熟悉的面孔过得好不好

我担心我的声音会把江边那一对白鹭惊飞

2022.8.14

## 蝴蝶

在花丛中，在青草地
蝴蝶那么轻，飞得那么慢

在菜地，祖母瘦小的身子穿梭着
像极了一只蝴蝶

落叶翩飞
像极了一只只死去的蝴蝶

我盯着蝴蝶出神
断绝了把它养起来的念头

祖母去世之前
在我怀里，那么轻
像一片叶，飘落
更像一只蝴蝶
慢慢地
飞起来

2022.10.13

# 光年

一束光，遇到另一束光
需要多少年

仰望星空的人，眼里闪着泪花

哦，他想起了祖母、母亲
"天上一颗星，地上一个人"

看见了吗？他一直在奔跑

终究离得太久远
还是错过了一些光辉

2022.12.2

## 在坝上暂坐

天上的太阳，低了

秋收后的田野，低了

走过一道又一道田垄后

我在坝上坐下来

河道窄了

水位也低了

河水低声地流过

北风一阵一阵地吹来

我不说话

站起身

追着流水走一段

追着风，再走一段

2023.1.8

## 疆界

每次回到范家
都会去田野里走一走
收获后的田野
有一种无言的空旷
风从四方涌来
又到四方去

我不刻意寻找什么
站立，或者坐下
都是一种最好的状态
或者抬头看看天上的云
或者低头循着流水的声音
一路小跑

这个邮票大的村庄
用不了几步就能走出它的疆界
再走回来，却要一生

2023.1.15

## 空山

山林空寂

还听不见鸟鸣


如果树叶转青

如果山花烂漫

如果蝴蝶在花丛中穿梭

如果你从远方赶来

恰好，一只山鸡振翅飞走


一阵春风

铺满整座山冈


2023.2.3

## 光年之外

太阳还在云层
东方已经泛起金光

月亮还在云层
河流等待它的倒影

星星还在云层
风在轻拂它的眼睛

爱让你如此美丽
轻易抵达光年之外的境地

2023.2.18

## 孤独

你说天空那么空
只有太阳怎么够
只有月亮怎么够

你说大地那么大
只有男人怎么够
只有女人怎么够

看见了吗
天上还有那么多星星

看见了吗
地上还有山川与河流

如果这还不够
一两春风，二钱细雨
还有三餐四季，以及
你我共同的回忆

2023.3.10

## 一想到我要埋在这座山里

一想到我要埋在这座山里

我就怕

我就跑得远远的


一想到我要埋在这座山里

我就安静

我就从远远的地方

跑回来


2023.4.10

## 黑夜叙事

那个时候

祖母的白天比黑夜长

她经常在昏暗的油灯下剁猪草、缝衣裳


后来

祖母的黑夜比白天长

她经常在大白天打盹，昏昏欲睡


再后来

祖母把白天和黑夜全部留给了我


我独自熬过许多一目了然的黑 <sup>①</sup>

与一塌糊涂的白


2023.4.26

----

① "一目了然的黑"，出自特德·休斯《乌鸦》。

## 我们隔着青山相望 ①

我和你以一条脐带相连
我的身上流着你的血

五年。五年。你三次受难
你把血泪流干

我们分隔阴阳
我们隔着青山相望

四十六年了
我剪断脐带的地方仍然隐隐作痛

2023.6.25

---

① "我们隔着青山相望"，出自施施然《途经柳如是墓》。

## 木梳

不再有相见欢
不再有万古愁

今夜，月亮也不来光临
我打了一个盹

头发疏落。我拿起木梳
把鱼尾纹、法令纹梳理了一遍

想起死去的亲人
我又把他们默念了一遍

2023.7.11

## 月光曲

我竟然像一个孩子一样
跟着它走

它在天上，点燃一盏灯
如同我的祖母
领着我在黑夜里回到家

今夜，我没有梦见祖母
早上醒来
它还在我的窗前

2023.7.30

## 我生活在她们没有看到的明天

今天送别了一位年过九十的老人

她的遗照，神态安详

我想起了祖母过世前的两年

像婴儿一样，上午睡一觉，下午睡一觉

晚上，再睡一觉

用摩托车带着她上街

她整个人靠在我的身上

就像是我幼小的女儿

想起了母亲昙花一样凋零

这些美丽大方的女子啊

带走了属于她们的白天和黑夜

活在了昨天

我生活在她们没有看到的明天

我要慢一点

走一走她们走过的山川、河流

看一看她们不曾留意的月亮、星星

我要告诉她们

她们生活过的人世间与以往没有什么不同

天地还未老去，时间没有增加

只是我人到中年，添了一些皱纹

少了一些脾气

2023.8.21

# 良人

她端坐镜前，画眉，扫眼影，涂口红，扑粉

还是忍不住问眉毛的深浅、脂粉的浓淡

她曾经有一束浓密的马尾辫

她无法看到自己的背面

她不太相信梳妆镜

她宁可相信我的眼睛

她的辫子越来越稀疏

几根白发无处逃遁

在傍晚和清晨，我点亮一盏灯

我们对影自怜。鱼尾纹搅动平静的湖水

不留一点罅隙

我们说起更年期、职业病

整晚失眠更加值得怜悯

我除了亲手写下一首首诗

别无他法

我试图用语言的善来治愈来历不明的病

我关掉书房的灯

月光透过纱窗

墙上的镜子照着我们模糊的脸

2023.10.29

## 你是一只鹰

### ——悼念凌鹰老师

我不曾见过你

但我仰望过你的天空

天空之上有十八朵云彩

你翱翔在云彩之上

你的歌声，那么激越，那么亢奋


你也曾放牧流水

循着水流就能找到你的家园

那里有你的亲人

你在高空盘旋，越飞越远

深情的目光凝视着广阔的大地


你的天空也是我的天空

我是一只岩雀

起风了

我就停留在人间


我的人间也是你的人间啊

我们共饮一江水

最初的那一滴水

已经深深地融入我们的血脉

化作我们的爱，化作我们的恨

化作我们的泪水

化作我们对这片故土深深的眷恋


当最后一滴眼泪流下

你从原地远行

你徘徊，又徘徊

终于，你向远方飞去，向天空飞去

飞向你我都不曾抵达的深处


如果我没有流泪

那是因为我仰起头

在天空寻找你矫健的身影

如果我泪流满面

那是因为从此之后，我总会看见

天空中有一只鹰在飞

2023.11.9

# 一路走好

## ——悼念岳母

娘啊，过了今晚，你就要独自上路

娘啊，等我为你唱一首歌，你再走啊

娘啊，等我为你写一首诗，你再走啊

跪在你的灵前

我歌也唱不出来，诗也写不出来

我就只对你说一句话啊：娘啊，你一路走好啊

这是多么千篇一律的一句话

如今我却要把它说给你听

这是最黑的时候，我们为你点亮了长明灯

拿着这一盏灯，你就要独自上路

天黑路滑，山高路远。娘啊，你要一路走好啊

2023.12.11

## 你走了之后，时间凝固成了一个点

你那么温柔地爱着这个世界，爱着我们

你那么忌讳死亡这个字眼

我们都无法揣度那一个国度是真实还是虚假

我们从不轻易在你面前提及死亡

而死亡终究是从不晚点的列车

你走了之后，时间凝固成了一个点

你把孤独再次留给了自己

我知道，我终于失去你了

你离开所有人，去了一个我们都不知道的地方

我膝下的黄金，通通为你换作了买路钱

我流下的泪水，为你清洗干净路上的泥泞

2023.12.24

## 那一场大雪仿佛从未停止

它下在四十年前的一个冬夜

它遮蔽了林中路

我的父亲要穿过一片松树林

去一丘田里拔萝卜

我跟在他的后面

我们脚下发出咯吱咯吱的声音

这是一种类似刨木花的声音

那时，我还无法抛开父亲去选择一条捷径

当我们往回走，我的胸前挂着两个红萝卜

红得那么显眼，那么纯粹

就如这一场大雪，白得那么显眼，那么纯粹

我轻快地踢着路上的积雪

太阳出来了，松枝上的冰凌泛着光

我想到梨花的白，与红萝卜在汤中沸腾的场景

那些积雪被阳光覆盖，被我们的目光覆盖

然后，慢慢消散于无

我的父亲也消散在那一场大雪之后

我还来不及细品大雪的凛冽，萝卜的甘甜
我还不能造出一个漂亮的句子
在潜意识之中，那一场大雪仿佛从未停止

2023.12.28

# 第二辑

每一朵花，都是人间的天使

## 新生曲

落叶，不仅仅是在秋天

春天也有。一片片红色的、黄色的枯叶

有风也落，无风也落

它们摆脱枝头的牵绊飘落地面

这些叶片，昨日还在枝头闪耀

今天就回归大地，迎来新生

雨水是新的，太阳是新的，风是新的

晚上将要到来的月光

是新的

嫩绿的芽尖，也是新的

它们站立枝头，瞭望着又一个春天走向人间

它们望着我，从春天走向秋天

又从秋天走向春天

我稀疏的头发、松动的牙齿、漏风的关节

是旧的

我不能新生，我只念旧情

2022.3.14

## 每一朵花，都是人间的天使

吹落树叶的风

与催开新芽和花朵的风

是不一样的

它们在不同的季节

扮演不同的角色

每一片叶，都是一只翩飞的蝴蝶

每一朵花，都是人间的天使

它们都有前世和今生

而我，是尘世的一个过客

一个无用的诗人

我们都曾在同一个天堂

挣扎，绽放

又悄悄地消失

2022.3.18

## 葬花吟

错过了春天的花期

我也不遗憾

桃花、李花开得太妖娆，花期又短

最喜欢南瓜花、丝瓜花

把嗡嗡的蜜蜂赶走

把彩色的蝴蝶赶走

这些花儿就是我的了

一些花儿，要留下来，用来养萤火虫

一些花儿，要看管起来，用来结果

一些花儿，要摘下来，饱我口腹

不必担心它们的花期短

一茬开过，一茬又来

2022.4.10

## 晚春

我不会说错过了春天的大好时光

我有一万座山坡

树木已经成林

我不会说藏匿了一个冬天不敢声张

我有一万亩良田

阵阵蛙鸣

一直喊到天亮

2022.4.21

## 观荷

在池塘，在水田，在沟渠
她们或三三两两，或挤挤挨挨
有蜻蜓飞来，立在小荷上头，又悄悄飞走
有鱼儿游戏莲间，又藏身水底

荷叶在晨风中荡漾
我来到她们中间
像一个老父亲
世界过于寂静。荷花
在朝阳下摆弄着衣裙
粉色的脸，在阳光下
更加精致、生动
像初升的太阳

走出去很远，很久
还听见她们窃窃私语

2022.6.23

## 狗尾草

大风吹

你摇头摆尾

大风又吹

你迎风流泪

大风再吹

你丢了肉身

我们都是朴素的狗尾草啊

一年，又一年

我坐在人间，已过了中年

等你越过冬天

沿着心底深埋的记忆

回来相认

2022.9.3

# 蒲公英

不想风再吹来

不想再经历一次轮回

无论降落在哪里，都是人间的深渊

最大的可能是占领一个高地

或者点缀一处荒芜

成为一片绿洲的可能性

几乎为零

我本草木，没有济世之心

在这僻静之地

有风吹拂，有雨落下

有鸟啼鸣

有牛羊走过

还有一个诗人经过

轻轻地唤我——

婆婆丁

2022.9.4

## 看花

说好了，花开了，我们就去看花

花落了，我们也去看花


春天，花儿多，花期短

秋是另一个春天

每一片叶子都是一朵花<sup>①</sup>

我们平分春色，也平分秋色


雪花落，梅花开

我要雪花的洁白，你要梅花的芳香


2022.9.13

① 该句出自阿尔贝·加缪《秋是第二个春》。

## 是幸福的

做一朵花，是幸福的
你来与不来
我都开
都谢

做一只虫子，是幸福的
在一朵花间流连
轻轻地飞走
又飞来

做一根丝瓜，是幸福的
就悬挂在那里
等人来采摘
或者孤独终老

在这个凉风习习的早晨
与一朵花，一只虫子，一根丝瓜
相遇。也是幸福的

2022.9.21

## 蜂鸟

给我一朵小花
让我用针尖一样的喙
跟她亲吻

给我一片绿叶
让我比灵魂还轻的身体
在此悬停

给我一段时光
让我记住鲜花的甜蜜
与绿叶的情意

我不在意高处还是低谷
起风了
我就迎风而立

如果你在意

我小小的身子

也会卷起一场风暴

2022.10.29

## 绿植

我在经过之地
陆续栽下马尾松、河边柳、苦楝树

我在自家阳台
依次种上大丽菊、月季花、鼠尾草

如今，树已成林，花开花谢
和你坐在人间，守着这些草木

听，风从这边生起
看，云从那边过来

2022.11.3

# 橘灯

我笨拙的手

总是不能剥出一个完整的橘子

我诧异它的花期那么长

成熟需要那么久

我总是等不及，摘下青果

喂大童年


时光过去多年。我一直觉得愧疚

那些散落的橘子皮

还在我的记忆里弥漫着香气

它们本来应该有一个完整的躯壳

我本来应该有一个大胆的设想

在它们的中央放上几颗星星

在果园的上方，悬挂一轮明月


花未入眠。果实累累。我未醒来

如今，果园里挂着一个个红橘子

在视觉上，就是一盏盏灯

2023.1.11

# 松果

再矫情一点
我便叫它松塔

这一条小时候经常走的路
已经没有了弹性

一些松果跌落
坠在铺满松针的地上
一些，仍然挂在枝头
风不吹，则不动
风吹过来，则在枝条上荡漾

深冬的季节
山里没有鸟鸣

若降一场雪

沿着松鼠的脚印

我将找回遗失多年的

宁静

2023.1.18

# 白鹭

不要说话
也不需要说话

它们飞，或者不飞
时间久了
它们的白，会挤走你眼里的黑

时间久了
你也那么白，那么安静

2023.2.12

## 燃烧

春风吹。阳光开始布道

一亩油菜花在燃烧
十亩油菜花在燃烧
一百亩油菜花在燃烧
一万亩油菜花在燃烧

蜜蜂，蝴蝶，飞进，飞出
它们勇敢献身，汲取每一小块甜蜜

我们在春风中隔岸观火
看蝴蝶翩跹
看蜜蜂跳起八字舞
它们的翅膀薄如蝉翼
在阳光下熠熠生辉

春雨落。我们捡起一片片清凉的灰烬

2023.3.1

## 跟随一只蜜蜂找春天

在江南。春草还没有蔓延
柳枝还没有柔软

山还那么寒，水还那么瘦

需要一场雨水
需要一些阳光
需要一阵春风
抚慰你，抚慰我，抚慰那些孤独很久的灵魂

还需要一只蜜蜂，访遍
九千九百九十九朵花的心愿

2023.3.5

## 惊蛰

蛰伏太久了

春风唤醒一些
春雨唤醒一些
阳光唤醒一些

春雷，再唤醒一些

在春天里，万物各归其位
各安天命

2023.3.6

## 今年的花，开在去年的枝头上

这些柔弱的女子

敢爱。给她一阵春风

她就在枝头舞蹈

敢恨。一场春雨也会引来

她滂沱的泪水


这些柔弱的女子

凭着记忆

绽放在去年的枝头上

就像雪，落在去年的土地上

就像鸟，飞向高山


就像我们，走在经年累月的路上

2023.3.9

## 好雨

能够配得上她纵身一跃的
必定是值得的
比如高山、河流、湖泊、大海
甚至沙漠、荒原、冰川、深渊
他们都有博大的胸怀

哦，这遥远的奔赴

哦，这壮丽的河山

2023.3.12

## 枯树赋

它站在这里很久了

花，长出翅膀，飞走了
叶，也长出翅膀，飞走了

它飞不走
太阳骗走了它最后一滴眼泪

"还有什么能够失去"
"还有什么不能失去"

雨，替它继续流泪
风，替它把话说完
闪电，替它捧出一颗心来

2023.3.24

## 松果落

松果落了一地

已没有童子可以问询
采药的老人
在哪一朵云的下面

还有松果将落未落
它想不到生死轮回

它想到的是，替一棵松树栉风沐雨
给予松鼠安慰

它还要等一阵风
等一场雨
再等一个，路过的人

2023.4.2

## 化蝶

再吃几片草叶
再喝几滴露水
再沐几阵清风
明月夜，我就要丢下你
一个人进入我的城堡

草叶归零
露水归零
清风归零
明月，归我俩平分

万丈光芒中，我找到我的前世
找到你的替身
一个欠身
一个万福

我们再次相认

2023.4.11

## 蔷薇帖

这些年，我的痛苦与日俱增

我娇弱的心在你的怀里颤抖

但是感觉不到你的雄心

亲爱的，你是一个男人

要爱，就大胆地爱吧

对你的引诱，我并不自责

我的爱，在蔓延

月季、玫瑰，是我的分身

牡丹、芍药，是我的表妹

蜡梅、桃花，是我的远亲

你若见到她们

请付出你全部的真心

哦，如果你放低身段

轻轻一吻

我的脸上就会飞满红云

我就不枉此生

2023.4.28

# 白鹭帖

一定是流水
赋予了时光深意

一定是春风
唱响了四季的序曲

我们收拢飞翔的翅膀
安心做一个隐者

缓慢行走。追逐一条游鱼
轻声吟唱。随着春风舞蹈

流水慈悲。春风荡漾
我们把这片水域认作故乡

2023.4.29

## 鹅卵石

你见到我的时候

我也不清楚走过了多少滩涂

我被流水裹挟

有时，它们温柔地环抱着我

有时，它们粗暴地撞击着我

这些细小的水滴

它们洞穿我隐秘的心事

精心地在我身上雕琢花纹

不要抚摸我

不要试图叫醒我

也不要抱走我

让我随着泥沙继续往下游走

2023.5.5

## 蝴蝶梦

它孤独得太久了。它要飞翔

它找到对称的中心点
在身体左边和右边，分别生出一只翅膀——
那么薄，那么轻，在阳光下泛着光

对称是对力的消解，还是加速度？
它怎么会知道翅膀下深藏着一股风暴
连它自己都被卷入旋涡
它并不能通过飞翔实现自由

能够实现自由的，是孩子们的意念
在现实之中，他们见过花朵
见过蝴蝶的标本

在梦里。花朵一次次开放，又一次次凋零
他们随着蝴蝶一次次飞翔
又一次次降落

2023.5.13

## 车前草

在水边，在田野，在山坡，在路旁

我蹲下来，与你对视

仿佛遇到的是另外一个自己

几十年来，我和你一样

默默地生，默默地长，默默地释放微弱的能量

这浮躁的尘世

我需要一杯茶，抚慰内心的不安

这短暂的一生

你需要一个人，带走你的孤寂

我还有时间，细细品味你带给我的微苦

你还有时间，在我的眼里闪着光芒

在我的杯中沸腾，冷却

化为一剂良药


而此刻，阳光照在大地上

也照在你我的身上

2023.5.22

## 鹰之歌

它知晓风的走向
借助风势，它站在云端
一种失传已久的技艺重新复活

此时，不要言说孤独
此时，必须清空杂念
此时，需要更多的细节与记忆

它看到雪山上闪着银光
它听见自己的声音在耳边回响
它想起家在远方

云在后退。云在低处
大地苍茫一片

它清楚自己的信仰
飞到多高才算飞翔！

2023.5.22

## 仙人掌

减去阔大的叶

减去粗壮的茎

就这样站着

时间久了

竟然断绝了静听流水的闲情

岁月的刻刀在你的背上

刻出一朵朵细小的花

你沉默不语

抓紧脚下沉默的土地

你扬起的手掌

擎着太阳，擎着月亮

如一个无畏的勇士

守着大漠，守着孤烟

2023.5.22

# 无花果

这是多年之后我才解开的悬念

无花果的花就在果实之中

它没有花开的绚烂

也就没有花谢的悲戚

那个时候，我总纠结一朵花的前世和今生

总盯着一颗果实由青绿到浅紫的过程

总幻想着从一朵花里

看见比宇宙还大的世界

从一粒果实里瞧见自己的影子

直到如今，我记挂着春花和秋月

对于喂养我童年的无花果

只有在炎炎的夏季

才从快要遗忘的角落里找出——

它躲在故乡里，藏在记忆里

那朵从未盛开的花

在它的心里，也在我的心里

2023.6.30

## 花朵是植物的眼睛

在春天，它们刚刚苏醒

我宿醉未醒

我抱着空酒瓶

我提着竹篮


我梦见冬天

我们都非常安静

耳朵在听神的声音


这来自地下的声音

古老，而又年轻


我们互相赞美，深情地对视

我像浪子找到了母亲


我的酒瓶装满雨水

篮子装满瓜果蔬菜

2023.7.25

# 草民

这些花草、树木、蔬菜、瓜果

扎根泥土，春华秋实，生生不息

我有一颗动物的心

为了饱我口腹

我占有它们的花、果实、种子

采摘它们的茎和叶，挖掘它们的根

这些比我的先祖还要古老的物种

各有各的领地，各有各的姓名

从不抱怨，从不喊疼

默默地领受着这宿命般的命运

2023.8.25

## 清晨，凝视一株小草

我们在同一个世界生活
只不过，你比我早些看见这个世界

你有你的智慧，你有你的语言
即使你不说，不争，我也会与你共享
明月与清风，阳光与雨露

但一想到疾病，饥荒和灾难
我的内心就非常不安

你无私赠我绿意
我却不能为你抵御苍凉

亲眼见你枯黄消瘦死亡
我也无能为力

哦，这个清晨
一个人类低下头颅，深深地忏悔

2023.8.27

# 窗外，有一棵树

窗外，有一棵树

它慢慢地高过我的头顶

高过我的房檐

它默默无语

给我绿意，给我勇气

它静静站立

根在低处，心在高空

热烈地开花，默默地落叶

而我虚度半生，有故土难离

有不能忘怀的昨天

有无法预料的明日

2023.9.5

## 不与一株桂花树对视

浓密的叶子中间

藏着那么多细小的米黄色的花

我不与它们对视

生怕发现它们隐藏的秘密

生怕暴露自己的小心翼翼

从树下经过

我不久坐

我只闻一闻秋风送来的香

顺便带走几片落叶

2023.10.14

## 秋辞

走向秋天的旷野

我们收割春天种下的预言

此刻，谁还会在意阳光的倾泻

太阳不偏不倚，照亮每一个孤独的身影

天空高远，白云隐遁

让出目光到心的距离

流水干涸，石头浮出水面

草木渐渐枯黄。树下不宜久坐

谁说落叶不是上天赐予的黄金

万物腐朽的声音，如同悠远的琴声

越来越近

2023.10.15

## 良树

它一直在那里，等我回来
在它面前，我羞于谈及孤独

它给我满树繁花，一片绿荫
我给它的，只是旧相识的身份

我蹲下来，凝成人形
它仍是一棵老树

相见一次，我就苍老一次
在春天，它重返年轻

它有一万次年轻的机会
我有浑浊的眼，清澈的心

2023.11.17

# 第三辑

## 这旧迹总能给人新意

# 在爱情小镇

## 一

瑶都水街，临水而建，依山而立
伴着水的柔情与蜿蜒，一步步就能走进她的内心

山有山的果敢，瑶都水街的汉子有山样的坚毅
水有水的柔情，水街的阿妹有水样的深情

"高山流水"，唱不尽瑶家人的款款深情
他们把对生活的向往与激情，都融进这水做的五谷精灵

饮一杯，再一杯，又一杯
阿哥阿妹哦
瓜箪酒，酒不醉人人自醉

## 二

在水口，宜慢，宜漫，且慢

请你把脚步慢下来

在铜梳广场，听一听盘王与三公主

凄美的爱情故事


让心情静下来，牵着爱人的手

你往前走，她跟在后面

要不，就并排一起，慢慢走


就这样牵着她的手

把你的心跳，把你的脸红

把你一直说不出口的情话，都表白给她


三


当火把燃起来

当歌声响起来

唱吧，跳吧

随着节拍放肆嗨


穿越这半生的烟火

才发现你的侧脸

原来是那么惊艳

随着一声声的惊呼

竟然明媚了这半城

烟雨之中

那朵娇羞的玫瑰


## 四


人们穿梭在人群中

你在看我，我也在看你

各自互为景致


他们从四面八方而来

赶往这个梦幻一般的地方

打卡爱情小镇瑶都水口

这里寄托着青年男女

对爱情的向往


茫茫人海

要找寻那个人，实属不易

有的人穷尽一生

都不能真正走进另一个人的心

我们要做的
就是互相付出，互相给予
就如此生，就如此刻
我们手牵着手，肩并着肩
一起慢慢走过这街道
一起慢慢走过这漫长的人生

五

这个只有两三万人口的小镇
每天人来人往，进进出出
有的人想带走瑶家阿妹那动听的歌喉
有的人只选择瑶家阿哥的长鼓
有的人只想来这里漫无目的地走一遭
有的人怀里早已揣着那把心仪已久的结发梳
有的人什么也不带走
离开的时候，却是泪流满面

# 六

这里适合邂逅

适合艳遇

适合发生一段缠绵的爱情故事

适合举家出游

适合临窗而坐

适合放松心情

适合跟随青石板路

慢慢走


而走过之后

才发现

我们心心念念的风景

却是美好的自己


2021.5.3—5.4

## 在袁家界观石英砂岩峰林

你高耸入云，我不敢仰视

怕你携着远古的海啸

俯冲而下

我抵挡不住你的雷霆万钧


与你目光对视

你无言，我无语

只觉得瞬间一片虚无

只有头顶的白云飘过

而无飞鸟归来


登临绝顶，才能一览乾坤

行走，站立

我比你高了一百六十五厘米

你比我早了三千年


2021.7.16

## 在凤凰古城

不是所有的城
都会以凤凰来命名
"镇竿"已成为记忆
凤凰来仪,嘉禾合穗 ①,我心安宁

一条江,一群人
半城灯光,两岸烟火
你,我,他,互为风景

江水有情,亘古不变,倒映你美丽的身影
今夜,你翩翩飞
万千人中
你会不会在意我孤苦的行吟

2021.7.17

---

① 该句出自苏轼《残句凤凰来仪》。

## 在柳子庙

一

如果不是那次放逐
也许你永远不会来到永州
不会到达潇湘

从长安，到永州
千里之外的山山水水
为此盛装迎接一个
异乡的游子
一个孤独的灵魂的到来

二

从长安到永州有多远
是一颗心与另一颗心的距离吗
而心与心的距离
谁又能猜得准

他高高端坐在上，你立在朝堂之下
圣旨下，话音未落
你已启程

山高水长，风吹日晒
那时车马慢啊
那一匹瘦马载着你的诗书
载着你，踽踽而行，往永州而来

三

你的心曾居庙堂之高
如今却处江湖之远

你来到永州
从孤独，走向另一种孤独

你忧心忡忡
不敢与家人语

## 四

九嶷山，都庞岭，群山苍茫

你行走西山

西山让出空间，接纳你高大的身影


你独坐小石潭边

大唐的鱼尾随而来

鱼，百许头，也不能排解

你心中的苦闷


潇水清静，湘江远去

那是为谁流下的泪水

你钓起一江寒雪

你正在完成一场盛大的心灵洗礼

## 五

西山不高，你站立山顶

你和它就矗立成一座高峰

钴鉧潭水不深，却清澈见底

它照得见你高傲的头颅

你清醒的思想，和你犀利的语言

山风吹动你的衣襟

江水熨平你紧锁的眉头

你在山水之间放牧灵魂

你越来越熟悉周围的山

你越来越亲近潇湘的水

你以一颗赤子之心

为它们一一命名

六

在永州十年

你隐在西山之下

身居冉溪之畔

这一方山水

已经融入你的爱，你的心

你不会虚写一段故事

每一次书写，都关乎社稷与民生
都是你决不沉沦的人生
发出的铿锵之音

## 七

你已走出唐朝
完成心灵废墟的重建

虽然我与你相隔千年
但我确信，我们不会
只在书上相见

今天，我不是来游玩的
而是来完成
一次拜谒

2022.1.1

## 在祁阳浯溪碑林

浯溪，不是我的
是元次山的

那么多人
来过
又离开

那么多石头被凿成了碑
石头会不会痛
那些字被刻在石头上
会不会孤单

我是一个过客
我没有毛笔
我不题字
我只沿着古人走过的足迹
轻轻地走一遍

题字的那些人，我不认识
那些人题的字，我也不认识

我认识的人，生活在现代
我认识的字
在明明白白的口语之中

2022.7.12

# 在祁阳潘市镇龙溪李家大院

青砖，黄瓦，四角的天空
回廊，天井，雕花的木窗
祠堂，正厅，堂屋，绣楼
龙溪李家大院，与其他地方的大院一样
也有着历史的沧桑

老爷已不在，公子已不在，丫鬟已不在
在大院里做工的已不在
小姐出嫁了，随了夫家
还有几户李姓的后裔
独守着家族往日的荣光

大户人家，深宅大院，须钟鸣鼎食
须恪守礼仪
在祠堂，我不敢高声语
我怕我的贸然造访会惊扰
李姓先祖的魂灵

我走过李家大院的每一间房

——阅过石雕、木刻、青砖、黄瓦

透过四方的天井

我望见

这里的天空与外面的天空

一样蓝

2022.7.13

# 在舜皇山

舜帝是否为这里的草木一一命名
不得而知
大山，莽莽苍苍，闭口不言
但我宁愿相信这不是传说

沿着石阶攀登
高山陡峭，时有清风徐来
溪水垂挂，成为瀑布
又一路欢歌，离我而去

知音难觅啊
只有谷底的鹅卵石，不知今夕是何夕
几千年来，一直守在这里
等我来寻

2022.7.17

## 在雪矶钓台 ①

其实，你也不知道是否能够钓得起

泠江河里的那一轮明月

河水清冷。先生，你的倒影扰乱了这一江春水

你的心是否还如当初一样安宁

读书岩的读书声隐约传来

你的目光注视着江水荡漾开的波纹

生前身后的事，谁又曾预料

无用书读了多少年

廷对八策换来的只是万世的功名

壮志难酬啊

不如归去，不如归去

对着九嶷山上的白云大喊一声

不妨在学宫收徒

不妨写几卷诗书

再借这一江春水赋了闲情

---

① 雪矶钓台，在宁远县城老五拱桥附近。为南宋特科状元乐雷发垂
钓的地方。

又岂管它从冬到春，从春到冬

大雪纷飞时节

就不要学那柳宗元

2022.8.19

## 在舜帝陵

舜源峰，一座山峰都是你的陵寝

一，是唯一，为大，为初始，为源头

九，是众多，是九五之尊之意

疑，是存疑，也是毋庸置疑

山，沉默不语，万里江山都向你朝拜

而我，是五千年后，你的一个后裔

我双手合十，仰望着你

在你身边，犹如故人

听你讲述远古时代的故事

我谦卑地埋首人间

默默地学习，劳动，生活

最终，我也会变成一座小小的山峰

继续朝着你的方向

仰望

2022.8.31

# 在霞客渡

## 一

不承想，今夜能在这里遇见你

先生，我是四百年后的一个书生
今夜，月圆，风清
我要从这里去对岸

## 二

今夜，人潮汹涌

我混在人群之中
我一直都在人群之中

江水荡漾
浮桥荡漾
我的心也荡漾

## 三

站在渡口
明明知道，你就在前方
就在对岸
我却迟迟不肯走上浮桥
我在踟蹰。在等待
等月亮升上天空
我就启程

## 四

一轮满月升起
我终于踏上浮桥

我在人群之中
孤独地走向你

你从这里走过以后
不再返回

我却从喧嚣之中返回喧嚣
从尘世之中，返回尘世

五

月亮升上天空

天上一个月亮
水中一个月亮
心里一个月亮

月色如水
为每一个人镀上银光

六

先生，你步履匆匆赶往下一站
那一夜是否有月光

天空澄澈。江水泱泱
你在舟中

越孤独，越仰望

七

一个渡口

一座木桥

一叶扁舟

一个旅人

一段历史

从过去，到现在

从现在，到未来

从此岸，到彼岸

八

南津渡、百家渡、保安渡、黄叶渡、湘口渡

五个古渡，渡过多少古人

柳子弃舟登岸

从这里走向永州的山山水水

欸乃一声，山水绿

留下千古文章


先生，你随后赶来

从这里开始，游记零陵，游记楚南

## 九


月亮走后，天空仍然是天空

大西门的黄叶渡

在你走过之后

不再叫黄叶渡

2022.9.11

## 秋日登舜源峰有寄

沿着山径一直向上

我数过一棵棵树

数过一株株草

阳光照耀着我

也照耀着每一棵草木

我没有征服一座山的欲望

山的高低，只在俯仰之间

2022.9.25

# 在永福寺

总是我一个人来
告诉你我在世间所有的秘密

你以一座山的沉默
静静地等待，听我还没有说出口的话语

即使说出，又有什么用呢
不过是求得短暂的安宁

我长跪不起，我紧闭双唇
在你的面前，我又做了一次顺民

我不是信徒，不会困于青灯
我也不是浪子
我频频回头
只为看一眼隐入尘烟的万物

我不想你带我走，我还有尘缘未了

另
一
种
温
暖
的
相
见

我也不想带你走，你还有青烟未灭

我们再次会合之后

我将与落日一步步走下山去

2022.10.2

# 愚溪

无论是冉溪

还是愚溪

依然是原来那条小溪


无论是柳子厚

还是柳司马

依然是原来那个文人


谪居溪岸

溪水照见你孤独的身影


你走遍永州的山山水水

写下千古文章


溪水流进潇水

汇入湘江

汇入大海

却再也流不到长安

2022.10.5

# 在萍洲书院

从霞客渡登船

我沿着潇水顺流而下

在两百八十多年后的这个深秋

终于抵达书院


金桂长廊的桂花就要开放

书院不再有书声琅琅

今日，我无缘得见山长

无缘遇见学长


想当年，他们应是舟车劳顿

应是殚精竭虑

在这两水交汇之处

贯通濂溪一脉


吾道南来①，潇水东去

---

① 出自道县濂溪书院内的一副对联，相传为清末湘籍大学者王闿运
所撰。

我又逆流而上
弃舟登岸

2022.10.5

# 水晶巷

水晶巷安卧一隅
旗袍馆、照相馆、理发店
曾经热闹辉煌
春泉井口的辘轳也不再吱呀作响

一波一波的游客
走走，停停，指指，点点
出了水晶巷，拐个弯
或者到达霞客渡
或者到达东山寺

几百年过去了
水晶巷没能拐过历史的弯

2022.10.6

## 在萍岛

还是来得早了一点
我上岛的时候
金桂长廊的桂花还没有开
它们是在等一场秋雨
还是在等身体里隐藏的密钥
被打开，被唤醒

沿着岛上的小路从早走到晚
只有几朵野菊花仰起头
和我对话

天色暗下来
秋虫开始唧唧
我找到来时的船
渡我返回
站立船头，江水荡漾
晚风吹皱渐渐远去的萍岛

2022.10.22

# 在高山寺

我从河西涉水而来

过霞客渡

过大西门

过水晶巷

再一次上得山来

我不带经书

不带香火

只在早晨和傍晚

听一听

寺里的木鱼

和钟声

渐次响起

2022.10.29

## 风雨法华寺


风，在吹

雨，在下

法华寺的屋顶跌落几片瓦


在寺里躲避风雨的人

听暮晚的钟声响起

心里一阵阵寒凉


他不读经卷，不拜菩萨

燃完几炷香后

带着一箱诗书

过了黄叶渡，来到愚溪

建一座草堂


草堂也不避风雨

风，还在吹

雨，还在下

草堂不用避风雨

法华寺的钟声

和着风声雨声

穿越千年，传到河西

2022.11.17

## 恩院风荷

不早，也不晚
你来的时候正值夏日
月夜。满池的荷迎着风
迎着你
举起欢迎的手臂

脚步要再轻一点
古松已经入睡
月光随你而至
和你的目光一起
停在亭亭的荷叶上

芙蓉馆畔
你徘徊，低吟
身影在此定格

一座小小的祠堂
又怎能记住历史的过往

唯有明月清风

不时送来

千年不变的荷香

2022.11.18

## 绿天蕉影

你本姓钱，却执意入了空门

绿天庵里，你藏真，守拙

对着青灯古佛，你既不诵经，也不拜佛

你以笔为旗，以字作马，纵横驰骋


如果不是一贫如洗

怎能缺少习字的纸和笔

借着醉意，你以芭蕉叶为纸，蘸水为墨

写不一样的人生


醉了，就醉了吧

醉了也没有什么不好

在属于你的绿天庵里

清风说了不算

明月说了不算

你的书法说了才算


一万棵芭蕉树身影婆娑

越过千年

仍然在等

你带着微微醉意

携笔墨归来

2022.11.20

## 青云塔

再往前走几十步，就能接近塔身

再上一百三十九级台阶
就能触到青云

本无大志
础石砖块让你有了高高在上的雄心

为名利所累，倒了，又重建
再立它几个百年
继续替人们仰望蓝天与白云

2022.12.18

# 丁字街 ①

还能够走到哪里去呢

这条简单的街道

这么简单的两笔

一困，就是我的一生

生而为人，我很抱歉

一撇一捺，也是简单的两笔

有时，我走得端正

有时，我走得摇晃

这条简单的街道

我只走一半

另一半，留给赶来看我的人

2023.1.2

---

① 丁字街，位于宁远县城，是一条老街。

## 五拱桥

桥下
有五孔流水

天上
有一轮月亮

流水，有时会干涸
月亮，有时会暗淡

人群熙熙攘攘
头顶明月，跨过流水
从河的这边走到河的那边

2023.1.2

## 萍阳路

我不走中间的草沙路

我走右边的青石板路

我要再走一走

我要走到思柳桥

太阳出来了

照着流水

流水泛着光

照着香樟

香樟树叶青绿

照着我

我张开怀抱，抱着一阵虚空

堤岸的垂柳，新叶还没有着落

我的诗歌也还没有着落

我们都等着

春风来渡

2023.2.26

## 朝阳岩

是一座岛屿

在太阳的隔壁

住在水中央

从潇水河的上游，摇来一艘艘木船

欸乃一声，山水绿了

大地也随之绿了

众人激昂。或坐，或立，或仰望，或沉思

阳光下，一粒粒文字分行排列

石头上，开出一朵朵美丽的花

遗世，而独立

2023.2.26

# 寒山寺

借我一间禅房，我要在此修行
我不带木鱼，只带几卷诗书

在屋后开辟一块平地
栽一些花木，种几畦豆蔬

有清风做伴，有明月照耀
有雪花飘落，有浊酒相逢

晨钟响起。我推开木窗，迎接鸟鸣
暮鼓传来。我点起灯盏，应和虫声

2023.4.14

## 梵净山

不必仰望

再高一点，又何妨？

接近天空，又何妨？


不必垂怜

再低一点，又何妨？

靠近大地，又何妨？


时间就是青云梯

虔诚的心，一步，一步

登顶天空之城


是谁，以一道闪电，把善和恶分开

释迦牟尼在左，弥勒大佛在右

众人立在中间


听，山顶响起了梵音

看，云雾缭绕，屏蔽世俗的目光

2023.4.15

# 勾蓝瑶寨抒情

一

她属于蓝色，而蓝色是一种距离 [①]

我与她相距两个民族的距离

她的母亲，与我的母亲是远房亲戚

她们在出嫁后，分居两地

二

我从出生那年，就注定与她有一场相遇

她对此事不可能充耳不闻

我行走了几十年

她准备了几十年

---

[①]　该句出自李亚伟诗歌《色》。

## 三

我来的时候，已是暮春
我已人到中年

哦，我的表妹
她藏在深闺，她还是那么腼腆

她是大山里的孩子
她是一首诗里反复吟唱的音韵

而我，是一个诗人
面对她，竟然也说不出一个完整的句子

我反复地念叨着几个实词：红砖、青瓦、斗拱、飞檐

## 四

我还是来得晚了一点
我来的时候
花已开过了很多年

我还是来得早了一点
我来的时候
月亮还没有升上天空

五

如果月亮穿过云层来到瑶寨
如果月亮成了天上的旅客
如果表妹正打开绣楼的窗户

她是否能够看见
今夜，我正无眠

月色如水。她熠熠生辉

六

如今，我从睡梦中醒来
我把所有的字组合成词
把所有的词组合成句
把所有的句子组合成一首诗

而她，默默不语
她只对我微微一笑

七

她端起酒杯，敬我
一杯，又一杯
酒不醉人，人自醉

这时，我属于蓝色
她成了一种氛围
她的脸上飞满红晕

八

时间越来越短，很快就到了天明

月亮还挂在树梢
青鸟已在传颂我们的爱情

2023.4.30

# 黄姚古镇抒情

## 一

那时，它还不叫黄姚古镇

它只是一个村庄，住着几户人家

青石板路一条一条向四周延伸

调皮的孩子随手种下几棵榕树

周围的山峰，还像现在这样安静

村口的小姚江静静地环绕着村庄

## 二

最早来到这里的是黄姓人家

姚姓家族稍微晚一点点

他们建起一座座青砖红瓦的房子

他们亲如兄弟

在这片土地上比邻而居

他们都活成一个姿势：面朝黄土背朝天

他们背回一块块青石板

铺成一条条弯弯曲曲的巷子

他们的子孙分散，居住在周围

三

那时，男人们上山砍柴，下田种地

他们的汗水落进姚江

泛不起一点涟漪

姚江水带走他们的疲倦

那时，女人们在家纺纱织布

她们织不出壮锦

却能织出五彩的霞衣

织出一个个幸福美满的日子

四

那时，昭平很远，贺州很远

远行的男人以脚步丈量每一寸土地

他们临行之前要带上女人的叮嘱

还要带上孩子的盼望

他离开深山，去闯外面的世界
他将看见县衙，县衙里的官老爷
他将看见私塾，私塾里的先生
他还将看见自己的孩子张开翅膀
就要起飞

他没有忘记，生命之中想要飞翔的基因

五

每一天日出而作，日落而息
那时，做的梦都是甜的

月亮高高挂在天上
那时，月亮是最好的灯光
照见每一户小院，每一个人
照进每一个人的梦境

那时，还没有我
我跟在历史的后面
我还躲在月亮的背面

## 六

有时，我很想让历史开一道小门
让我侧身进入旧时光
去拜访故人

我应该就在这里生活过
爬过这里的山
蹚过这里的水

我身体里的密码啊
是印在了手心，印在了手背
还是融进了我的血液里

我的前世应该是一个书生
今天，我来到这里
仍能够指认我曾就读的书院
还能够记起读了几卷诗书
写了许多文章
考取了功名

# 七

我想我应该来早一点
这样，我就能够看见我的童年

我想，我应该来晚一点
这样，我就能够看见我的暮年

我的前世是姓黄，还是姓姚
或者我是这里的一个少年
或者是这里的一个女子

后来，我又去了哪里

# 八

榕树渐渐长成参天大树
姚江水还在不停奔流

先祖们坐在门口抽着旱烟
这些房屋逐渐老旧，露出古朴的味道

我从明朝出发，匆匆赶来

经过清朝的时候绊了一跤

我再也回不到从前

## 九

这么多大山，最终没能抵挡住弥漫的硝烟

那时，我还是一个孩子

隔着门缝

我看见门口走过一队队兵

隔着姚江

我听见广场上响起一阵阵枪声

我攥紧拳头

跟着他们高呼：中国共产党万岁

## 十

有的时候，我在想
如果我真正活在那个年代
我在哪个军营当了士兵
我会不会做了将军，回到家乡领导革命

我知道，我始终回不到从前
我已经来到今天
我只能幻想看见历史的背影

哦，望着墙上斑驳陆离的标语口号
我知道，那些已经成为过去
我活在满眼都是酱菜、香料、黄精酒的现实里

## 十一

刚刚下过一场雨
随着人潮涌动
我走在锃亮的青石板上

有时，我也伫立
望一眼似曾相识的场景

有时，我也侧身
让过熙熙攘攘的人群

有时，我在一座老屋前
轻轻地叩动门扉

有时，我站在十字街口
不往前，也不往后
不往左，也不往右

我要停下来，找到我的位置

2023.5.2

# 高椅岭

岩浆还在奔涌
需要几池湖水镇定

巨龙不再翻腾
需要一把椅子休息

本来就是一座山，偏偏称作岭
还在长高吗？我们感觉不到

天下的山岭是不一样的
喀斯特地貌，雅丹地貌，丹霞地貌

天下的山岭都是一样的
长树，长草，长石头

它们在人间起伏，也在人间安静 [①]

2023.6.10

---

[①] 该句见冉小江《造纸术》，载于《星星·诗歌原创》2022 年第 10 期。

## 文市石林[①]

这是不是一次新生？

一条隐秘的通道

引领你们从地核深处上升，上升

一定是有神对你们施加了咒语

突出地表的岩浆，逐渐变冷，变硬

这是不是一种执念？

亿万块石头屹立不倒

站在这里何止千万年

从你们的身边经过

我们竟无言以对

还需要说些什么呢？

我们用沉默，替代了所有的语言

2023.6.11

---

① 文市石林，位于广西灌阳县文市镇。

## 月岭古村①

几百年前的那一轮明月，还在
拴马桩，还在
马匹驮着时光和马背上的人
走了

三面的青山未老
老去的，是时间，是一代又一代人
老去的，是一栋栋屋子
同时老去的，还有村口的石牌坊

时光的蹄声渐渐远去
"孝义可风"，四个容易丢失的字
刻在石牌坊上，融进血液里
成了月岭村人隐秘的基因

2023.6.12

---

①　月岭古村，位于广西灌阳县文市镇。

## 莲溪庐①里

要在夏天来

在左岸走一走

再沿着石磴涉水过去

在右岸走一走

然后，寻一处亭子坐下

看静水流深，看蜻蜓点水

看一叶小舟无人，横在水滨


有没有人经过，不要紧

荷花就要开了


也可以在冬天来

邀三五好友

温一壶老酒

一边垂钓，一边喝酒

---

① 莲溪庐，位于广西灌阳县文市镇。

有没有鱼，也不要紧
雪就要下了

最好是在这里住下来
用余生赊几两月色
照着莲溪庐的孤独，与安宁

2023.6.12

## 万寿寺（一）

又来到这里

我双手合十，在菩萨面前跪下

祈祷的话语在心中默念

这些年，我经历了大小许多事情

我选择沉默面对

选择相信和我一样沉默的菩萨

而此时，正值盛夏

阳光正给菩萨披上袈裟

2023.8.3

## 万和湖

沿着湖的四周走一遍

丈量不了湖的宽度

只不过是画了一个近似的同心圆


扔一颗石子

测试不了湖的深度

甚至听不到传出的回声


掬一捧湖水在手心

深蓝的湖水也是清波


从湖中的廊桥走过

惊起一只水鸟


湖底应有游鱼

原谅我，妄图用一颗石子荡起涟漪

我是一个闯入者

水面终会归于平静

2023.8.4

## 万寿寺（二）

那么多大殿，那么多菩萨

有的庄严，有的慈悲

有的怒目，有的似笑非笑

谁为他们塑了金身

几百年都不变

他们发菩提心

他们度芸芸众生

在七祖肉身宝殿阶前

一朵睡莲，刚刚睁开惺忪的眼

2023.8.8

## 柳子庙

永州十年，你的笔下都是文章
时间暗黑，而你的内心明亮
青石板路一字排开
从大唐一直延伸到现在
你的庙宇
安放着你始终放心不下的命运

2023.8.9

# 萍洲书院

潇水和湘水在此汇入时间的长河

游船、画舫、木舟接近江心岛

一批批不速之客来到这里

他们不是儒生

不是归客

也不是故人

是匆匆而来又匆匆离开的路人

偶有书生混迹人群

他所看到的书院都是一样的

或隐于山中

或避于尘世

仿佛山长的威严

不可接近

而这旧迹总能给人新意

2023.8.10

## 在女书岛

以布帛当纸，以针线作笔

你藏起袅袅娜娜的心事

你放弃对陌生人的戒备

唱起歌来，跳起舞来

你如一名圣女

如一位拥有法力的巫师

你仿佛回到了从前

而我也穿越

如果早就懂你

我怎能如此不安

在女书学堂，我大声跟读

我问你，这些文字表音，表义还是表形

你面带笑容，默默不语

我很遗憾，我不是岛上的一名女子

我终究成不了自然传承人

我只是一名过客

就像潇水静静地流过浦尾村

2023.8.12

## 上甘棠

是一块块石头引领着我
一步，一步，走进上甘棠

一些石头承受风吹，雨打
阳光炙烤它们。月色洗礼它们
它们温润如玉。它们锃亮如新

一些石头已经不见
是坠入了谢沐河中
还是飞升，飞升，飞上了天？

还有一些石头上面刻了字
阴刻，阳刻。"忠孝廉节"
一个字，一个痛点，绵延千年

直到我再次走过步瀛桥
还能感觉到那种说不出的疼

2023.8.13

## 在武庙

就是要给他塑金身
就是要为他立庙宇

你看到的不是一具肉身
我们自己才是行走的肉身

时间滤去杂念
香火增添神性

时间长了
就不会觉得是在梦中

这是不是一种罪过
这是不是一种忏悔

2023.8.15

## 零陵古城

城门一关，做一个小国的平民

耕田，种地，喝酒，弹琴

偶尔出城，去西山看日出和日落

在潇水垂钓起一江寒雪

读不读书，不要紧

写不写字，没关系

要那些大的理想做什么

东山的钟声响起

做一个晨祷，再做一个晚祷

有客从渡口来

去大西门相迎，在湘口馆设宴

可以大醉，可以微醺

可以趁着醉意，弹奏一曲《高山流水》

2023.9.4

## 在龙脊梯田

起得太早。稻穗上还挂着露水

清风吹一阵

太阳照耀一阵

我们的目光再抚摸一阵

每一颗稻谷都镀上一层黄金

每一株水稻都有一个幸福的前程

2023.10.4

# 龙脊梯田

比我们更早上去的，是一丘一丘的稻子

比稻子更早上去的，是农人

比农人更早上去的

是蛙声、虫鸣，以及山泉

当然，明月与阳光一直就在上面

稻子黄了。它们已经等候多时

我们不约而同来到这里

清风徐来。我们的内心深处涌起一阵阵波浪

我们各自找到合适的点，用目光收割一片片黄金

剩下的，交给明月锻造的弯刀

2023.10.5

## 云台寺①

这么几个和尚

守着一座这么高的山

守着飘浮不定的云

游客从山下来

烧香，拜佛，许愿

还有和我一样的游客

到菩萨身边站一站

听和尚念经

听他们眯着眼睛敲木鱼的声音

听山风吹过

钟声还在耳边

2023.10.5

① 云台寺，位于湖南省邵阳市新宁县崀山风景区，始建于北宋。

## 凤凰古城

春，夏，秋，冬

东，南，西，北

不管你从哪个城门赶来

我都会在这里，等

我不问你的行程

我知道你一定会来，所以我等

等到繁花似锦

等到烟雨迷蒙

等到夜幕降临

等到明月升起

等到灯火通明

我就翩翩飞

2023.10.6

## 夜宿吉首

这异乡的夜，如此安宁


我不想睡得太早
这个季节只有凉风，没有虫鸣


我也不想睡得太晚
深入一座跟我一样孤独的城市，太过危险


月亮尚未发出邀请
它在别处。树木已经开始落叶


这里的灯火无法温暖我的眼眸
在街头走一走就回吧


此刻，我只想做你的良人
我们相爱半生，桂花的香就要落满我们的酒杯


2023.10.7

# 夜宿龙脊梯田风景区山居人家民宿

此时，我陷入了山居迷人的虚空

坐在夜的怀抱里，我异常安静

家乡的月亮穿越云层赶来

给予我母亲般的关怀

夜深了。我还是无法入睡

直到晚风送来一阵阵稻香

直到几枚落叶飘在窗前

直到她靠着我的肩头，传来熟睡的声息

直到晨曦撞破黑夜

哦，他们正在集结，开始新一天的旅程

哦，遥远的梯田，让我远远地看着你

2023.10.8

# 第四辑

在肉身与灵魂之间

## 芭蕉辞，兼怀怀素

一

枯荷可以听雨

绿意能解暑

莲叶田田

撑开蓝色的梦幻

有雨才有怀古幽情

取一叶芭蕉

也无法走进大唐

无法走近你的人生

二

你把醉意倾诉给芭蕉

你的笔触流泻于墙壁

写你的狂放人生

写你的《自叙帖》

参透佛祖

为世人写苦难人生

三

醉僧楼前

仍有酒意未消散

绿天庵里

再无笔墨可润心

醉也一生

醒也一生

芭蕉无雨也风流

芭蕉无你更寂寞

四

绿天庵的芭蕉

绿了又枯

枯了又绿

它在等一个人

等候千年

都不见

2021.4.16

# 莲花吟

一

一亩方塘

莲叶田田

风吹过

香远益清

一只蜻蜓又怎能读懂

千年的花语

二

你从宋朝来

从濂溪先生的家乡来

亭亭净植

于我的心田

新荷出水

露珠滚动

我撑一把纸伞

静立荷塘

赏映日荷花

听你传颂先生遗风


三


众人皆醉我独醒

于物欲横流中

你坚守内心

出淤泥而不染

濯清涟而不妖

在盛夏开出朵朵圣洁的花


四


莲，多年生草本植物

生于泥塘

长于泥淖

而风姿绰约

廉，最初只是一个"虚"词
屈大夫为它"招魂"
不受曰廉
不污曰洁

五

"廉"与"莲"
不只是谐音
也不只是两个字
濂溪先生赋予她生命
花之君子
花开千年

站立荷塘
有人照见自己的内心
有人转身即是渺小
不如一片枯萎的荷叶

# 六

有人爱菊

有人爱牡丹

有人爱莲


流传千年的

不是她们的芳华

也不是一篇文字

这世上应有一种精神

浸润我们的内心

# 七

久立荷塘的人

听风

听雨

听《爱莲说》


静寂。忘言

待冬雨来临

滴答滴答

到天明

2021.4.26

## 禾下乘凉梦

——哀悼袁隆平逝世

我们宁愿相信这是谣言

当时间凝固在 5 月 22 日 13 时 07 分

我们仍不相信

解决了半个中国温饱问题的那位老人

走了


一粒粮食能够救一个国家

也可以绊倒一个国家

这话仍在耳畔回响

此刻，我们宁愿相信您的离去

只是谣言


您终生的事业

只为握住一粒小小的稻谷

只为让天下苍生远离饥饿

您的离去，让中国的水稻失去了父亲

您的离去，山河呜咽，举国同悲

五十七载禾下乘凉梦

是您让中国人民端牢饭碗

九十一岁忧国忧民心

是您给世界人民带来福音


今天，您带着梦的种子去了远方

去点亮浩瀚宇宙的一颗行星

而在中国，这片您爱得深沉的土地上

将稻香绵延

永远，永远

2021.5.22

# 招魂曲

## 一

那一天，屈子来到汨罗江边
临风而立，哀郢问天，一脸忧思
汨罗江畔诵九歌，仗剑长吟离骚曲
徘徊，徘徊，徘徊
长太息，泪满襟

三闾大夫啊，上下求索而不得
你把自己放逐，纵身跃入江流
那一刻，江水呜咽九州悲
汨罗江紧紧拥抱你不死的魂灵

你终于成了自己的王

## 二

水里的浪花，一浪高过一浪

岸边的行人，走了一拨又一拨

渐行渐远，暗淡了时光

我们把你的名字跟一个节日关联

我们以你的名义定义这个伟大的节日

端午节，这流传千年的节日

我们用来称量人的思想

它是否能够折射人性的光辉

是否能够衡量历史之厚重

三

我们念着你的名字，找寻你遗落在历史长河的铮铮铁骨

我们读离骚楚辞，试图参透你的思想

我们昂立潮头，激流勇进

我们龙舟竞渡，为你招魂

我们又何尝不是在为自己招魂

2021.6.5

## 挽歌，兼致屈原

先生，在门楣上悬挂菖蒲、艾草
调制雄黄酒，包粽子
这是为什么？我的祖母说不清

先生，多年后，在潇水边看龙舟竞渡
我呐喊助威
在课堂上，听老师讲你自沉江底的故事
我热泪涟涟

先生，你的山河，风雨如晦
你的楚王，混淆视听，颠倒黑白
他的国度，战火纷飞
他的子民，苦不堪言
你在江畔徘徊低吟，写下《离骚》《天问》

和先生一样，我也写诗
和先生不同
我的中华，日月长新

我写下的是祖国繁荣昌盛，人民安居乐业

先生，如果我还要写另外的诗篇
我要在每年的端午
为你写下一首首挽歌
祭奠你从未远去的忠魂

2022.5.21

## 先生，我来晚了

颜回，不在了
子路，不在了
鲤，也不在了

先生，春服既成，我们何时再风乎舞雩，咏而归
你负杖逍遥于门
是在等我吗

赐从南方匆匆赶来
还是没有见到你最后一面
庐冢六年，楷树已长成
石碑伤悲，泪流不止

我，二千五百多年后的一个小子
先生，我来晚了
无缘见你的真容
无缘侍你左右
我深陷在尘世里

饮酒，则大醉

学文，一知半解


我只能一遍又一遍地大声读

你留给我们的千古文章

我只能默默地在心里向你

问仁，问礼，问道


2022.8.4

## 王阳明

你用五十七年做了三件事——
立德，立言，立功

你走之后，花孤寂地开
孤寂地谢

五百年了
照亮后人的
不仅仅是那一轮明月

2022.9.20

另<br>一<br>种<br>温<br>暖<br>的<br>相<br>见

## 两株枣树，兼致鲁迅先生<sup>①</sup>

先生，你家后园的墙外有两株树

一株是枣树，还有一株也是枣树<sup>②</sup>

它们瘦硬的枝条就如同你的身躯

你张立的头发，你浓密的胡须

你抖擞的精神。在寒冷的秋夜做着小红花的梦<sup>③</sup>


先生，历史的天空那么黑

这两株枣树就如两个亲密的战友

陪伴你在每个孤独的深夜

"荷戟独彷徨""我以我血荐轩辕"

你以笔做匕首，做投枪

刺向那奇怪而高的天空<sup>④</sup>


八十六年过去了

先生，两株枣树已被你写进《秋夜》

---

① 本诗为纪念鲁迅先生诞辰 141 周年所作。
②③④ 出自鲁迅散文《秋夜》。

被我们记在心里

一株是你高大的身影

一株是我们不屈不挠的灵魂

2022.9.25

## 突围，兼致东坡

问汝平生功业

黄州惠州儋州①


沿着破败的驿道

你一直在往远处走

一路上，只有青山相送

只有斜阳相迎


庙堂越来越远

江湖越来越远

你不知道

是否还能等来一纸赦令


心忧其君

却一再被迫远离

---

① 　该句出自苏轼《自题金山画像》。

心忧其民

你一再为民请命


拖着长长的影子

你一步一步，走向一座座城

你用自己的光芒

点亮万家灯火


2022.10.13

## 梦蝶，致庄子

你不做大国卿相
曳尾涂中
你读书治学，养家糊口
你行走，站立，醉酒
鼓盆而歌

在漆园，你闲时则睡
睡，则做梦——
一只蝴蝶翩然而来

被你一梦千年

2023.1.20

## 临江仙，致东坡

一个人在雪堂饮酒

一个人醒着

一个人往回走


几声敲门声

没有打断临皋亭里的鼾声


三大杯

三更天，此生都不醉

拄着手杖，你转身走向长江边


一个人，一条江，相听两不厌


2023.1.20

## 满江红，致岳飞

把你召回的
是十二道金牌
还有你后背上的刺青


靖康耻，犹未雪


贺兰山未缺
金瓯缺


你的一腔热血，洒在了后方


一把英雄泪
抚不平你心里的忧愤


你怎么能有罪呢
只能是莫须有

你凭栏的地方

雨，已经停了

2023.1.30

## 广陵散

悬在头上的刀，且慢，放下
临了，临了
且让我弹奏一曲


坐在竹林抚琴，看落叶纷飞
大碗喝酒，趁热打铁
我光着膀子，不给造访者一点青眼


不求富贵，只求大醉
醉了，就醉了
稀里糊涂就睡


三千太学生磕头请愿
等不来大赦的圣旨
等来秋风瑟瑟


饮下这一碗冷酒

浇灭胸口的炉火

让我与世人绝交

让我自己为自己送行

2023.2.6

# 凡·高

和他一样

我也爱着向日葵

爱它金黄的花瓣

我穿着大一码的鞋子

满田野里疯跑

鞋子跑丢了

哥哥帮我捡起

挂在我的胸前

我掰下一朵葵花

坐在地上数葵花子

从白天数到晚上

这一朵小小的葵花

葵花子多得如同天上的星星

那个时候，我陷入无知的幻想

不知道有一个人被星空逼疯

不知道他把向日葵画在了画布上

不知道他也有一个哥哥

不知道他已经作古很多年

而我，还要穿过很多田野

还要望天空，数星星，看月亮

2023.2.9

## 李白

你的出生之地太过遥远

你住过的长安仍是十二时辰

你生活的大唐距我一千多年

你看过的山还是山

你看过的水还是水

你举起的酒杯，在空中悬停

你喝过的酒，化作了诗篇

你望过的月亮啊，照着你的故乡

也照着我的故乡

2023.6.14

# 汨罗江抒情，兼致屈原

## 一

见过那么多河流
很少有一条河流与一个诗人相关联
汨罗江是一个例外

它是一张墓床
躺下的是屈子的肉身
升腾的，是它不朽的灵魂

它是一个符号
人们因此而记住一个伟大的名字

它是一个图腾
深深地烙印在华夏儿女的心中

## 二

河流是一面镜子

能够照见灵魂

许多人匆匆而来
又匆匆而去
他们不敢往水里看自己的倒影
生怕看见自己丑恶的嘴脸

高洁的人，爱听流水歌唱
流水清澈，可以洗手，洗面，洗心
流水混浊，带走世俗，带走乌云

仰望河流的人
需要深潜到河流的最低处
才能看到天上的星星
才能触到生活的本真
才能看清自己的内心

三

不要问那个渔父
他见惯了在江边徘徊的人

从此岸，到彼岸

有的人足足走了一生

都未抵达


望着对岸

项羽至死都不肯越过乌江


一苇过江。一叶扁舟

一桥飞架南北


难以逾越的

是自己心里的那一条鸿沟

## 四

不要问，你的前身是不是一条鱼

我们本来就来自海洋

在经过河流的时候

悄悄上了岸


现在，就连呼吸都与万年之前一模一样

随着流水的起伏，而跌宕

荡漾啊，荡漾

荡漾啊，荡漾


流水继续歌唱

而你在江畔，徘徊，低吟

也不孤独啊，这里有流水的声音

有你吟诵诗篇的声音


## 五


如果要问

就问天，问地，问自己


天，已经发怒

撕开了一道口子

雨，倾盆而下


地，不堪重负

撕开一道口子——

河流如一道闪电

奔腾。咆哮。怒吼

你的心也撕开一道口子
它在滴血

## 六

为什么要在江畔徘徊低吟
为什么要对着流水诉说

当又一道闪电撕开河流
当又一道伤口裂开
你跳进河流的鳞隙

江水拥抱着你
抚摸着你累累的伤痕

"百川东到海"
它一路低吼，把你带到最初的诞生之地

## 七

是谁在唱歌?

他们结伴而来
他们驾舟而来
他们划桨而来

河流中有流水,有游鱼,有石头
有你不朽的肉身

江上有渔者,有渡船
岸边有过客,有往来人

## 八

河流里有真理吗?

你没有回答
后人却持续追问了两千三百年

2023.6.20

## 仿石灰吟，兼致于谦

如果可以，我愿意永远做一块顽石

在群山中安静地呼吸。不谙世事

永远保持着最初的沉默

千锤万凿磨炼了我的意志

也使我的身上伤痕累累

走出深山又如何

开口说话又如何

在风雨交加中会唱歌

又如何

一块石头又怎能预见未来

活着，或者死去

不能磨灭原始的信仰

只有在烈焰焚烧之下

才能自证清白

2023.6.24

## 破阵子，为陈同甫赋壮词以寄之

一定要醉吗？

当酒气化作剑气，化作书生意气

同甫兄，我知道你一定会把灯拨亮

你一定会扬眉捋须

醉眼蒙眬。你是否听见宝剑在歌唱

你是否看见宝剑在起舞


且摁住要出窍的魂

斩断桌子的一角又怎样

酒杯碎了一地，掷地有声

又怎样


醉了。醉了，就醉了吧！

这个时候还醒着的人

已经不多

布衣能够上书吗，布衣能够言事吗

什么时候骑上快马

直抵京城，直抵沙场

君王的事情也是你的事情
起起落落又何妨

同甫兄，翻开史书，我分明看见
你拔剑四顾，心茫然
你白发苍苍。你抱憾而终

为你写的壮词，能否为你
赢得生前身后的名声

2023.7.5

## 茨维塔耶娃

她是祖国的花朵
她就要凋零
周围的绿叶先于她凋零
然后，她的根慢慢腐朽

一起腐朽的
又何止她一个

永不腐朽的
是祖国上空的月亮和太阳

一个生来就写诗的人
一个有无限爱欲的人
忍受那么多孤独和愤怒
一个人度过了美丽的无尽的黄昏

2023.8.25

## 怀沙，兼怀屈原

不要再问，我的故国在哪里

我来自遍生橘树的楚国

不要再问，我为什么在泽畔行吟

我的香草，已经枯萎

我的美人，已经迟暮

我问天问地，问古问今

这痛苦的一生，解不了太多的问

我只知道我是楚人

这是我今生的宿命

让他们北逃，我仍旧南归

让他们沉醉，我独自清醒

我没有病，是我的天塌了

不要再问，哪里才是我的归宿

"明告君子""吾将从彭咸之所居"

江上的渔父啊，你不要再劝

我无怨，也无恨

一条汨罗江，足以安放我不屈的灵魂

2023.9.9

## 观沧海，兼致曹操

观沧海，也观星汉

你本真英雄

谁与你所见略同

你高举道德的招牌

乱世中叱咤风云

宝座之上的皇帝

看你和各路诸侯北面称臣

战战兢兢地接受山呼万岁

谁是君子，谁是小人

路人皆知狼子野心

何必作一篇《述志令》

最终，你还是没能做开国之君

你做了建安时代的诗人

三分天下，等不来魏武挥鞭

"往事越千年"，烈士已到暮年

圣人，小丑，能臣，奸雄

一切都是，后世的盖棺论定

2023.9.10

## 采菊，兼致陶渊明

还需要再说什么呢，渊明兄

八尺男儿不拜乡里小儿，挂印而去

何尝不是最好的选择

庙堂太高，你不胜其寒

江湖太远，你忧心如焚

天大地大，好男儿四海为家

五斗米来之不易，还是

躬耕大地，归隐田园

菊花不用栽，那就种一些豆吧

趁着月色荷锄而归，渊明兄

菊花旁，竹篱边，一杯酒，一张琴①

做一个安静无忧的诗人②

2023.9.11

---

①② 出自夏立君散文《陶渊明：那一团幽隐的光明》。

## 邀月，兼致李白

那时候的月亮是不是好亮好亮？

没有电灯的夜晚

蜡烛、松明、篝火、月色，照着你走出蜀地

一路上，山野荒凉

哪里是天涯？哪里是故乡？

一生奔走在路上

"大道如青天，我独不得出"

你在诗歌中不断地倾诉胸怀和志向

天生的诗人，气质不可阻挡

翰林待诏怎能写就锦绣文章

宫廷的高墙加深了你的孤独感

举起杯，邀月亮做伴，"对影成三人"

天地一片沉寂

整个大地都是你的身影

半个盛唐都是你的酒气

2023.9.15

# 在肉身与灵魂之间，兼致司马迁

那一刀下去

不知道你疼了多久

那一刀下去

彻底阻断了你的婢妾心态

有的时候，活着是比死更加痛苦的事情

四十八岁被去势。世界如此荒谬

历史无根，会陷入虚无

太史公啊，你这个无根男人将自己融入历史

忍辱接受一具荒谬卑贱的肉身

你在肉身与灵魂之间历经一场精神的淬火

你在现实与历史之间高扬人格的旗帜

天下大势，你了然于胸

一个穿越了精神炼狱的人

突入历史的纵深地带，无人匹敌

太史公啊，面对当下，你如此绝情

你埋首书斋，发愤著书

面对历史，你如此深情

你以如椽巨笔，还原历史的真实

两千多年后，翻读《史记》，我仍不能自已

仿佛，你就站在我的前面

领着我，穿过历史与现实，灵与肉的荒原

2023.9.17

## 失落的家园，兼致李斯

你肯定不会承认自己是一只小鼠

你对自己实施了一场精神的阉割

你的欲望一再膨胀

成为官仓鼠又怎样

成为猎狗又怎样

成为猛禽野兽又怎样

你早已迷失在丛林之中

你有成圣的潜能

却把自己放在火上烤，放在冰中浸

你终于以魔的面目示人

你燃起一堆熊熊的大火

烤干读书人的最后一滴眼泪

火势蔓延。你的家园消失，你的三族成灰

你成了历史上最后一个士人

还能再回去吗

还怎么回得去呢

黄犬、田园，无非是南柯一梦

2023.9.21

## 历史深处的那根木头，兼致商鞅

不能不说这是一场游戏

制定游戏规则的人

在高处看着

一根木头如何开口说话

那个搬动木头的人不说话

更多木头一样的看客发出尖叫

他们艳羡他的好运

他们原谅他的鲁莽

他们说服自己

在下一场游戏中搬动木头

制定游戏规则的人

却似乎忘记了那根木头

它和它的主人一样

被遗弃。立在历史深处，生根发芽

开出了诡异的花

2023.9.23

# 夜读《沈周三夜》

万物静观皆自得<sup>①</sup>


春夜。有雨
如果有一壶酒就好了
不过也不要紧
这并不影响你和三女婿彻夜长谈的兴致
你铺开宣纸，拿起画笔，饱蘸墨汁
"雨中作画借湿润，灯下写诗消夜长"


雪月相映的夜晚
你坐纸窗下，无法安睡
添衣，独上西楼
"仰而茫然，俯而恍然"


初秋。觉醒。披衣起身。你展卷夜读
"久雨新霁，月色淡淡映窗户，四听阒然"

---

① 出自程颢《秋日》。

累，置书束手危坐

"齐心孤坐，于更长明烛之下"

得《夜坐记》《夜坐图》

黑夜收走你的光

你走到夜的深处

心灵的杯盏，盛满月光，斟满雨意

2023.9.28

## 桃花坞里桃花落，兼致唐寅

能够看穿你的

仍然是你自己

和那一株株桃树

你与它们相依为命

酒醉了，在花下睡一觉

酒醒了，在花前坐一坐

不喝酒的时候

拿起笔，画画，写诗

人面，桃花，相映成趣

不画画的时候

摘了桃花，换取酒钱。半醉半醒，半浮生

花开，花落，年复一年

桃花坞里，你做回了自己

坎坷的命运，在春风中慢慢飘零

2023.9.28

## 读《兰亭集序》，想起永和九年的那一场醉

永和九年，暮春，阳光明媚，惠风和畅

会稽山阴，文人雅集，曲水流觞，兰亭修禊

谢安酩酊大醉，率先吟咏：万殊混一理，安复觉彭殇

羲之微醺，侧脸被蝉翼般细腻和透明的阳光包围

他趁着酒兴，为《兰亭集》作序

三百二十四字，一气呵成

追问生命，语言流畅，触及灵魂

书法淋漓，徐疾有致，挥洒自如

一千六百七十年后的今天，仿佛还能嗅到

永和九年暮春阳光的味道

那一场曲水流觞的酒气还未消散

无数个羲之迎风坐在兰亭

他们手中的如椽巨笔正在书写华章

他们无有悲伤，无有忧患，无有孤独

2023.10.16

## 目盲，致博尔赫斯

你怎么会知道，最后的时光都是黑暗

哦，这可怕的中年，怎么可能安睡

这绚烂的永夜，怎么忍心谈论死亡

你整晚整晚地失眠

你凹陷的眼窝里没有泪水

你以一根拐杖，轻轻地敲击布宜诺斯艾利斯的街道

你以一双素手，温柔地抚摸那些图书

当你的嘴里念出那些句子

金黄的老虎正在丛林咆哮

2023.11.21

## 垓下歌，兼怀项羽

爱妃，你听，四面都是歌声

乌骓马在槽枥中悲鸣

快，取我的剑来

喝了这一碗酒

我要披挂上阵


爱妃，我的美人，你我就此分离

欠着你的万里江山，我再也无法给予

你骑上马，快点出城

他们都是我的故人

如果相遇，就说项籍是你的夫君


爱妃，乌江水兀自东流

八千子弟个个都是英雄

我已无颜面对江东的父老乡亲

人潮中都是故人

让他们把我的脑袋拿去

爱妃，你听，四面都是歌声

你为什么要流泪

再为我跳一支舞吧

喝了这一碗酒

我们一起出城


2023.11.28

# 第五辑

## 默默地领受着这宿命般的命运

# 秋风辞

一遇秋风就慈悲的
还有田里低垂的作物
以及弯腰耕耘的农人
他们以一低再低的姿态
向养育他们的这片土地鞠躬

秋风是不懂得慈悲的
它带来秋雨，扫荡一切世俗的尘埃
白露为霜，雁阵寒
一阵紧似一阵的寒凉

农人加紧收获的步伐
稻子、高粱、红薯、油茶
颗粒归仓，颗粒归仓
高坡上的柿子树点亮一盏盏灯笼
照亮农人晚归的路

2021.9.12

## 十二月的村庄

烟火味，会比往日多一点

当然，也不完全是炊烟

有的，是一些人家烘腊肉的烟

有的，是爆竹声响过后

升腾起来的烟

有的，是吸烟的人，在黑夜里明明灭灭的光

而另一些，就是村庄门口那条河流

与那口古井，冒出的白气

脚步声，会比往日大一点

在县城读书的，回来了

去外地打工的，回来了

衣锦还乡的，穷困潦倒的，叶落归根的

回来了

喘着最后一口气的

也回来了

而村庄，就显得小了一点

2022.1.8

## 落叶歌

比落叶还快的，是张婶的目光
一片叶子，要扫，两片叶子
也要扫

比张婶的目光更快的
是风
风把落叶刮得满大街跑

春天有落叶，夏天有落叶
秋天有落叶，冬天有落叶

无落叶的时候
落雨，落雪

2022.1.31

## 旧了的事物

整理书柜，翻出一些二十几年前买的书籍

已经老旧，泛黄

我仍然舍不得丢弃

我还珍藏着许多这样的旧事物

譬如，故乡的老屋

它陪伴我长大

然后，在我眼前一点一点地坍塌

成为一片废墟

一辈子都在乡下的祖父祖母

他们牵着我的思念，跟我走了许多地方

还有老去的炊烟，变小的河流，低矮的小石山

以及常年守在老家，慢慢变老了的大叔大婶

他们夜夜守着那一轮月亮

看着它缺

看着它圆

2022.4.19

## 美好的事物都是慢慢开始的 ①

你听到的蝉鸣
它们准备了三年，五年，七年
甚至是十七年

你看到的花儿
它们酝酿了一个冬天

你欣赏的彩虹
它们历经过天上人间

你赞美的蝴蝶
它们刚刚才完成蜕变

你说出的爱情
需要你付出一生

2022.5.28

---

① 出自羽微微诗歌《约等于蓝》。

# 一生

他曾迎来无数个白天黑夜

到最后，只得到一块墓碑

哦，不对，他还得到一小块土地

人们把他种在这里

地上就长出了草，长出了树

长出了花。替他守望着

山下的村庄

2022.7.20

# 山寺

你看，我们的居所
像不像一座座寺庙

我们带发修行
为自己祈祷，为亲人祈福

我们白天出去化缘
晚上回来念经

我们得过且过
做一天和尚撞一天钟

我们成不了佛
只是自己为自己超度

最后的埋骨之地，是脚下的土地
成为骨殖，或者化为磷火

或者变成泥土

并没有一颗舍利

2022.9.30

# 与一片青瓷说话

碎片。碎片。还是碎片

如同时光隐秘在角落

在梦里，在画外，在嘴里飞出的乡音里

一时无法判定你的谱系

我用颤抖的手，轻轻拂去你脸上的尘灰

怎么穿针引线，都不能缝补你身上的漏洞

是谁偷走了你往日的荣光

你不再保有矜持

牢不可破，不再是一个神话

就如一段历史，常常被谎言掩盖

又被真相揭穿

2023.2.19

## 月亮像一枚银币

你也是孤独的一种

我喃喃自语

和你对饮

你洒下清辉

落在我去年的酒杯

我的酒杯不停

一杯慰了平生

一杯许下心愿

拖着一条长长的影子

你走，我也走

分不清你是我，还是我是你

天上，人间

你照着我

像一个黑点

我握着你

像一枚银币

2023.4.2

## 刻碑

解放灵魂的方式，在纸上写字
禁锢肉体的方式，在碑上写字

汲汲不停走笔的人，像求死
迟迟不愿刻碑的人，像求生

一张纸，一块石头，替他说出
秘而不宣的谶言

2023.4.17

## 竹林说

我已经搬了出来

只是偶尔回到这里

时间过得真快，转眼已过了一千多年

我已沦为草民，不再是当年的七贤

如果说有什么隐秘的基因

那就是我还喝酒，读书，写诗

偶尔弹琴，作画，舞剑

打铁，已是很久远的事情

我以分身游走于家庭，社会

我不敢喝醉，也不得酣睡

我羞于谈起国家和人民

我是一介匹夫，愧对人民这一个称谓

愧对国家这一张名片

如今我再来，算是老友重逢

是以我的异名，面对你的异名

你深埋在地下的竹鞭

你节节中空挺拔的竹竿

你刚刚探出头来的竹笋

你风一吹就婆娑起舞的竹叶

无不一一对应着

我的隐忍、落魄、希望、奋起，与抗争

2023.5.22

## 悬崖

落日洒下余晖

那是一种诗意的美

它是众多事物的参照

而我是自己的悬崖

我孤身一人

我怀揣内心的火焰

把月色藏在心里

把草木当作兄弟

把石头推向深渊

2023.7.4

## 那些不以你的名字命名的星星

桃树、李树，都有名字
它们长在高处

你比它们高
你栽下桃树、李树
春风吹。方圆十里的桃花、李花都开了

更高的，是天上的星星和月亮
月亮喜欢挂在树梢
星星从来不离天空

你在它们的中间
故土如此辽阔，为什么你还要向往远方
那些不以你的名字命名的星星
能不能为你医治创伤

月影朦胧。你可以叫几只童年的蛐蛐帮忙

2023.7.20

## 大暑记

酷暑来临。太阳攻城略地

不留一处死角

鸣蝉倒悬，在树枝高处隔空喊话

久违的童年，与我隔着四十多个大暑

我怎么回得去？我已改换门庭

在城中村觅得一张书桌

我做着不切实际的梦

写不痛不痒的文字

爱爱而不得的人与事

父亲已默认我的和他的命运

他古铜色的皮肤不惧劳动的艰辛

年逾八旬仍早出晚归，守着一亩三分地

看草叶上的露水被太阳晒干

看月亮挂在天上，听蛙声，听虫鸣

哪里像我，在方寸之地，吹空调，吃西瓜

说世态炎凉。以躺平的姿势抒发胸中块垒

我不知道他还能坚持多久

我不知道我还能坚持多久

**2023.7.23 大暑时节**

# 挂

黄瓜、茄子、辣椒、稻米
还有我母亲的乳房
挂在那里
饱我口腹之欲

树叶、夜幕、衣服、房子
挂在那里
遮住我的羞耻心

星星、太阳、月亮、镜子
挂在那里
做起了游戏

最后一个苹果还在高处
一个萝卜还在坑里
一棵白菜还在篮子里

我的祖先和我的先祖

挂在墙上
我的母亲，挂在我的心里

我挂在哪里？偏东
还是偏西？

2023.7.25

# 时间是白色的，也是黑色的

他整夜失眠
找不到暗夜的身影

让他恨吧
让他爱吧

时光怎能永恒
他就要长眠

肉身化作轻烟
白骨成灰

请给他围一条白色的围巾
请给他立一块黑色的墓碑

2023.7.26

## 鸟窝

它被围困。被推倒

我前进了几万米
它后退了几个世纪

在三十五楼，我亮起灯
和灯光一起漏下来的
除了灰尘，还有雨水

而我，就要去旅行
去找我的祖母，和母亲

祖父和父亲都没有告诉我人生的意义
我也不知道我还有几个十年

燕子几时飞回来
谁知道呢？

2023.7.26

# 星宿

远方有多远？是不是摘下天上的星星

便完成了心愿

我们终其一生都在寻找云梯

而忘了来自哪里

在高楼，我们无端对视，越来越沉默

星星暗淡无光，月亮隐进云层

风一闪而过

它们离我们越来越远

就像我们随手抛掷的光阴

就像我们的亲人一个个离开身边

就像流星坠落到花园

就像年少的时候许过的愿

我们是如此陌生，又如此亲近

这一切既不是肇始，也不是结束

仿佛是注定了的宿命

2023.7.31

## 江水流

我住在岸边，喝着江水长大

江水清澈，江水混浊
我在江边垂钓

我最终离开这里

沿着河岸，我试图走到它的尽头
那时，我不知道它流向哪里

我再回来，不是为乡愁
也不是为稻香

我知道它已不是原来的河流
我也不是原来的我了
我是回头的浪子

它叫潇水，我叫中年

2023.8.22

## 白露

看枯荷举起瘦弱的手臂

看树叶飘落

看秋菊吐露黄蕊

看向日葵低头，满脸羞愧

我依然着单衣

不阻止秋风吹来

在清晨的露水中

感受一丝丝凉意

人到中年。有些伤病无法治愈

就像老树上的枯枝

一年，又一年

等待最后的判决

2023.9.8 白露时节

## 良马

天很少下雨
草场一退再退

吃树叶，嚼糟糠，饮盗泉
尘土飞扬跋扈

前进，还是后退？我陷于两难之境
谁能看到我的疲惫，我的分裂

一名骑手慢慢地放下他的皮鞭
一位诗人没有能力为我写下诗篇

我在所有人的思想里漫游
日行千里，谁来求证，可信与否？

遇到伯乐之前
我将老死，在槽枥之间

2023.10.21

# 前方有雾

前方有雾。所有的路都无法重新命名
无力穿透一块界碑

巷口寸草不生
偶尔飘过几朵白云

不知道从哪里来，又要去往哪里
停下来。找镜中的自己

举起灯，驱散迷雾
一座城，有时候不如一间陋室

推开窗，看得见绿意盎然，也看得见落叶纷飞
允许枯坐，允许心随明月东升西落

2023.10.21

## 与秋天一同老去

再刮几阵风
再下几场雨

那些果子就熟了
那些叶子就黄了

万物迷失在枯槁中
他沦落在中年的危机里

只有一些古树看破红尘
它们和他一样，知道自己正在老去
也必将老去

这些苍凉的风声、雨声
那些古树长满青苔
他的喉咙发哑，吹不响长笛

他抬起头，叶子无枝可依，去向难明

他俯下身，落叶决绝，果子疏离

往后，将会有一场大雪
整个世界再一次陷入悲伤

2023.11.5

## 秋风饥饿

草木枯黄

小河清浅

一些浆果无人在意

一些松针刺痛神经

秋风不懂怜悯

青春不能永驻

我们的内心纠缠不清

回不去的，是虚度的光阴

一恍惚，即到暮年

才发现失落的星宿，都在井底藏身

2023.11.6

## 衰老经

春日迟迟，鸟鸣一声又一声

飞过枝头，飞过屋檐

那时，他正年轻，无暇顾及烈日灼心

如今，他放出自己的灵魂

衰老从头顶开始蔓延，僵持又有什么意义

拿一条小河当作镜子，照得柳枝妖娆

照得葵花羞愧，照得稻子低垂

云朵还像旧时那样洁白，只是更加高远

那些鸟鸣不忍细听

那些草木常常被人忘记

他靠着墙根，不再看断了线的风筝

不再焦虑履历无法刻满石碑

2023.11.7

## 时间证词

子在川上曰：
逝者如斯夫，不舍昼夜。①

时隔千年。那人仍在发问：
时间藏在哪里？

有人指着墙上的钟表
有人望向日月星辰

会思考的芦苇也忍受不了秋风的追问
庄子涉过秋水。李白举起明镜

孤独的人擅长答问：
众生都是证人，时间藏于时间

而你如何自证？
除了亲人的眼泪，隆起的坟堆，清明时节的轻烟

2023.11.12

---

① 出自《论语·子罕》。

# 黑色不是人间的污点

村庄的后面。山上。
那么多石头圆滚滚，那么多墓碑黑黢黢
那么多星星，是望向故乡的眼睛

一场大雪铺开，恰似一张白纸
允许一群乌鸦在此流连
允许它们高唱一曲：黑色不是人间的污点

山水，虫鸣，风声
都不说明，都不用申辩
都留作纪念

2023.11.15

## 做一只蚂蚁

如果你觉得困顿，那就做一只蚂蚁吧

以坚硬的外壳包裹柔弱的内心

无论前进还是后退，都不会对别人构成威胁

社交圈缩小，变得沉默寡言

我们变成我，一切都是他们，或者他

他正拿着手机拍照，试图留存美好的瞬间

如果你要飞，请不要告诉他

别让他发现你有一双隐形的翅膀

趁着大雾还没有散尽

趁着黎明还没有来临

请你以蚂蚁的名义，加入蚂蚁的队伍

即使死了，也不会被发现

当然，你还没有做好死的准备

2023.11.25

## 落叶问题

你的目光注视着一片又一片树叶不断飘落

能有什么问题呢

无非是一种新与旧的断开

无非是新增了一些伤口

无非是一些时间也跟着落了下来

剩下一些瘦硬的枝条

在风中颤抖

你走过去，一一拥抱它们

在一场大雪来临之前

2023.12.19

## 帆布书包已不在

帆布书包已不在。铅笔芯已断

白纸空旷。那些汉字列着队，走进一本本书籍

少年时代的书本，读过就忘，宛如饮下一碗鸡汤

久居县城，失去了鸟鸣、山花、溪流

以及清晨的露水

书房逼仄，难以腾挪

街灯昏黄，如童年的油灯、烛光

明月下，清风朗朗，不再有读书的声音

只有树影凌乱，竹枝轻扬

别后怎会无恙？我已抱病多年

以念想度日，靠诗歌疗伤

书架上的书快要成为古籍

仿佛我的脑袋空空，从来就没有思想

2023.12.27

## 对一只猫怀有本能的警惕

我不是鱼，不会困于一个鱼缸

我受困于自己给自己设下的局

有时，一觉醒来

在镜子里面看到的已不是原来的自己

我像是丢掉了一件东西

它随着梦境离开了我的肉身

有时，我彻夜不眠

说过那么多言不由衷的话

做过那么多违心的事

这些语言的乱棍打死了我的肉身

这些既定的事实绑架了我的灵魂

我为它找到一个容器

需要不时注入水分，灌输良药，以及大量酒精

如果不能，就让这一只空杯厌倦人世

让它徒有蔷薇的芳香和猛虎的意志

只是需要随时警惕猫的觑觎——

它迫切想要看见破碎的杯子

是否还能够拥有一个新的整体

2023.12.28

# 另一种温暖的相见

## （后记）

　　这本诗集收录的，是我 2021 年至 2023 年期间的作品。诗集分为五辑，共收录书写亲情故土、自然景观、历史人文、人生感悟等主题的诗歌 159 首。这些诗歌，一部分见于《诗歌月刊》《滇池》《散文诗世界》《爱你》《鸭绿江》《文学天地》《永州日报》《文艺生活》等刊物，一部分见于湖南省诗歌学会、永州市诗歌学会等一些公众号，一部分见于我自己的公众号和微信朋友圈。有的作品，还获得过一些奖项。

　　我写诗的时间并不长。我是 2020 年 10 月份开始学习写诗的。最初，我是在一个外地的诗歌群里，与诗友们每天写同题诗。后来，宁远诗友李冬梅介绍我加入永州市诗歌学会的潇水流域诗群和潇湘诗社诗歌群。在这里，我结识了许多优秀的诗人，接触到许多优秀的诗歌。我发现，我写的根本不是诗，而是简单的分行。我把写的文字发到诗歌群，得到了师友们的悉心指点。

我逐渐知道了什么是诗歌的语言，知道了写诗要通过意象来表达情感。

非常幸运的是，我重逢了读师范时的老师刘忠华副教授。此时，刘老师已经是著名诗人。他对我的写作给予了悉心指点。他要我多读书，多读优秀的诗歌。他说读多了，语感就有了；要多悟，诗歌要有自己的思考，要有自己的句子；要写自己熟悉的生活，要"回到生活的现场"；诗歌的语言与口语是不同的，诗歌的语言要凝练。

我一点一点地学习诗歌的写作方法。我如饥似渴地读，打了鸡血似的写。从 2020 年 10 月份开始，到 2023 年 12 月份，我写了 800 多首习作。我写花草树木，写鸟兽虫鱼，写日常生活，写人文历史，写自然景观，写人生感悟。我怀念亲人，抚今追古，悲悯弱者，感叹时事。我或喜或悲，或忧或惧，把自己的情感融入文字中。

这几年，我拒绝了很多东西，但我没有拒绝写诗。我少说了很多话，我把要说的话，都写进了诗里。

我写诗，发现自己的不完美，发现这个世界的不完美。我曾一度厌弃自己。通过写诗，我把自己从悲观绝望之中拯救出来。

以前，我怕别人说我是诗人。现在，我不怕了。我愿意顶着诗人这个头衔，以最真诚的心，写最热烈的文字。

这本诗集得以顺利出版，要感谢的人很多。

感谢马泽平老师以及本书的责任编辑汤阳、杨钦一老师付出的艰辛劳动。

感谢我的老师刘忠华副教授对我的悉心指点。还有，他于百忙之中为我这本诗集作序，对我的写作给予鼓励、指出缺点。

感谢诗友黑小白兄、诗友李邦锋、同学启群兄，他们通读诗稿后，提出了许多宝贵的修改意见。

感谢我的妻子，她任劳任怨，承担了大部分的家务，让我安心写作。

感谢我的朋友圈和公众号的朋友们的默默关注。

要感谢的人还有很多，他们以各种方式给予我鼓励、指点和鞭策。请允许我在这里列出他们的名字：李长廷、杨中瑜、梦天岚、田人、乐家茂、倩理、邹天顺、王一武、米祖、蔡爱军、老尺、荆庚红、黎成刚、李冬梅、毛歆炜、黄继军、陈巧红、余华云……

最后，感谢我自己。一个写诗者，最大的勇气是拿出自己的作品，让时间、让读者去检验。

我将继续写作，通过文字与大家温暖相见。

范献任

2024 年 4 月 12 日